信封里的民国系列

刘仕杰◎著

高山流水遇知音

石油工业出版社

图书在版编目（CIP）数据

高山流水遇知音 / 刘仕杰著. —北京：石油工业出版社，2018.3
ISBN 978–7–5183–2209–1

Ⅰ.①高… Ⅱ.①刘… Ⅲ.①书信集–世界… Ⅳ.①I16

中国版本图书馆CIP数据核字（2017）第261432号

高山流水遇知音
刘仕杰 著

出版发行：石油工业出版社
　　　　　（北京安定门外安华里2区1号 100011）
网　　址：www.petropub.com
编 辑 部：(010) 64523607 　图书营销中心：(010) 64523633
经　　销：全国新华书店
印　　刷：北京晨旭印刷厂

2018年3月第1版 　2018年3月第1次印刷
880×1230 毫米　 开本：1/32　 印张：7.875
字数：145千字

定　价：38.00元
（如发现印装质量问题，我社图书营销中心负责调换）
版权所有，翻印必究

前言 PREFACE

致那些共生于乱世的民国友情

"风萧萧兮易水寒,壮士一去兮不复还!"一曲慷慨羽歌叫人闻之而泪垂,荆轲的勇义更是因此为世人所知。那个白衣白冠在易水边送他赴秦的燕太子丹,是他的伯乐,他的知遇好友,为知己者,什么名利地位、什么荣华富贵皆是过眼浮云,就连最宝贵的生命都可以为友情而放弃。

人生路漫漫,踽踽独行的途中最难求的便是知己。

因为只有他能够听出自己琴曲中的高山流水,所以伯牙在子期死后,摔琴以祭、绝音以思,毕竟世上只有一个懂他的知己。因为刘备三顾茅庐虔诚来拜、因为他将自己奉为上宾引为知己,所以孔明才会殚精竭虑为他的三分天下倾尽所有努力,才会在出师表中且怀思且劝勉,拳拳忠心令千古英雄为之泣涕涟涟……古往今来,友情一直是文人墨客说之不尽的话题。而那些惺惺相惜的相处、慧眼识人的知遇、对酒高歌的理解一直都在发生,一直都为人所期盼、为人所歌颂。

友情,它可能不像爱情那样浓烈火热,有一丝细水长流的意味,通过日复一日的相处相知慢慢浸润人的灵魂；它也不像亲情一样由人的血缘天性而孕育，反而是基于理性的选择，两个陌生人之所以能够成为朋友，总归是有相通之处。

　　本书所呈现的民国友情，皆是基于两个人对彼此的选择，他们在乱世里互相知遇、互相扶持、互相救赎，这感情在黑暗的社会里熠熠生辉，最终成就了一大批先进文人、革命先烈，于是这友情甚至包含着同袍的勇义，格外坚强而稳固，格外珍贵而动人。

　　有时候，友情是知遇之恩。如果没有鲁迅对萧红的赏识和鼓励，如果没有他一次次的雪中送炭，试问如今的我们又怎能欣赏到《呼兰河传》《马伯乐》等不可多得的经典之作？试问那样一个孤独的女性怎会把她的精神世界建筑成文学殿堂？

　　有时候，友谊是相互扶持。对陆晶清与石评梅来说，即使在思想解放的民国，作为女性作家，她们的独立也是一场艰难的修行。如果不是相互扶持，这漫漫长路又该如何走到尽头？又能从何处获得解冻人心的暖意？

　　有时候，友谊是成全对方。好的作家常常需要人去发现，就像千里马也需要得到伯乐的赏识，宗白华就是那个甘愿做伯乐的人，他用尽所有的努力只为了使郭沫若的才华为世人所知，而自己，并不计较得失……

　　世间的友谊多种多样。想要在茫茫人海中找寻一生挚友，既需要缘分，更需要心灵的沟通。缘分让人相遇，在千千万万人中间，刚好遇到彼此。沟通让人相知，有时候一句话的共鸣就足以叫人认定对方，不需过多的言语，便能抵达彼此心灵的最深处。你了解我的做事方法，我明白你的为人原则，互相尊重、互相欣赏，才能建立起完美的友情。

民国时候的友谊往往如此,硝烟战火中，能够陪伴他们毅然决然地走下去的，就是友情。那份珍藏在内心不愿说出口的渴望与理想该与谁诉说呢？爱情，太过华丽与虚幻；亲情，太过沉默与自然；而友情，刚刚好。

所以，傅斯年和陈寅恪，没有太多华丽的语言，没有太多共处的时光，可是，他们的友谊与联手，却撑起了中国学术界的一片天空，谱写了中国学术界最为动人的乐章。一如陈衡哲与胡适，当胡适看到一首诗时，从诗歌的语言、意境等方面就能断定这一定是陈衡哲所写作的诗歌，这样的友谊，真的是可遇不可求。

正如鲁迅所说，人生得一知己足矣，斯世当以同怀视之。

目录 CONTENTS

第一章 寄君一曲,不问曲终人聚散 / 1

宗白华与郭沫若:伟大的友情是彼此成就 / 3

陈衡哲与胡适:朋友之乐,是沙漠中的甘泉 / 18

陈衡哲与任心一:多年友人亦亲人 / 32

第二章 有些人不需要姿态,也能成就一场惊鸿 / 49

陶行知与小朋友:你们,是我心头最暖的童话 / 51

俞平伯与丰子恺:落花皆有人间味 / 67

刘呐鸥与戴望舒:生活,只是一个华尔兹的梦 / 81

第三章 你赐我一段浮华,我许你满世繁花 / 93

周作人与俞平伯:苦雨终风也解晴 / 95

朱自清与老友：我的南方！我的南方！　　/ 114

夏丏尊与文学青年：暂时不要以文字专门者自居　　/ 126

第四章　心有猛虎，细嗅蔷薇　　/ 139

鲁迅与萧军、萧红：绝望中的一丝光明　　/ 141

郁达夫与林语堂：扬州旧梦寄语堂　　/ 157

叶圣陶与陈竹隐：瞻对遗影，伤怀何极　　/ 172

第五章　灯火星星，人生杳杳，歌不尽乱世烽火　　/ 191

傅斯年与陈寅恪：我国最有希望的读书种子　　/ 193

石评梅与陆晶清：不积极的生，不消极的死　　/ 207

陈炜谟与杨晦：眼泪毕竟是没用的　　/ 226

第一章
寄君一曲，不问曲终人聚散

宗白华与郭沫若：
伟大的友情是彼此成就

　　郭沫若，我们不会忘记，他是一个鲁迅先生在世纪初就热切呼唤、终于出现在文坛的摩罗诗人；他是现代文学史上，足以代表一个时代的伟大的诗人与历史剧作家。

　　可是，在文学史上，又有哪位作家的创作之路是一帆风顺的？又有哪位作家成名前没有经历过白眼冷遇、作品石沉大海的愁闷？郭沫若，也是如此。

　　唯一不同的是，郭沫若遇到了宗白华。缘分是奇妙的，尤其是人与人之间的相交，有些人相识多年却依旧只是点头之交，有些人尚未谋面却已是君子之交，只待高山流水，奏一曲知音之歌。宗白华和郭沫若便是这样的朋友。

　　1919年，五四新文化运动的狂潮席卷了中国文坛，无数有识青年投身于新文学的建设中去，用手中的笔作为战斗的利刃，刺向统治中国千年的封建礼教，他们热切地呼唤科学与民主，呼唤人性与自由。

高山流水遇知音

郭沫若也是这群青年中的一位,此时的他,正在日本的福冈九州大学的医学部进行学习,身在国外,他却依旧心系国内文化发展状况,他将自己的热情、才思都化作一行行白话诗文,并把这些新诗投寄到国内的《时事新报》的副刊《学灯》上,可是每次都石沉大海。

此时的郭沫若无疑是郁闷的。他是一个激情澎湃的诗人,他热切地盼望满载自己激情的文字能够发表在《时事新报》的副刊上,然而稿件的石沉大海却一次次敲击着他充满自信和热情的心灵,增加了他在异国他乡的苦闷。

直到1919年8月宗白华接手《时事新报》副刊《学灯》时,这种状况才改变。

1919年9月11日,宗白华在来稿中发现了郭沫若从日本福冈寄来的几首新诗,他诧异于这位此时还默默无闻的青年惊人的诗歌才华,并随即把这些新诗在当天的副刊上进行了发表。

可以说,这几首新诗,就是郭沫若与宗白华缘分的开始。

此后,郭沫若寄来的新诗,只要是宗白华编辑,就一定都会在《学灯》上刊发。因此,经过短短的半年时间,郭沫若的诗成了《学灯》上的常驻身影,有时甚至会占据整个版面,而新诗发表的累积数量也达到了数十首。

遇到宗白华的郭沫若是幸运的。他本人也在与宗白华的交往中感受到了极大的兴奋与幸福,以致他就像一个天真可爱的孩童一样,表现了极度的欢喜和激动。在他给宗白华的信中这样写道:"我的诗真是你所最爱读的么?我的诗真是可以认作你的诗的么?我真欢喜到了极点了!"瞧,这多么像一个天真的孩子在表达自己极度的兴奋与喜悦呀。

当宗白华从他堆积的厚厚的诗歌来稿中发现了郭沫若远从日本寄来的诗稿时,立即被这个充满着热情和富有才情的青年吸引住了,我们或许还可以设想一下当宗白华凝视着郭沫若的诗时眼中所露出的那种惊奇和喜悦,就好像自己突然挖掘出了一个巨大的金矿一般,内心一定充满了惊奇与喜悦。

郭沫若与宗白华之间的联系多是书信交往,用信件来表达在茫茫人海中遇到知己的兴奋之感。虽然写信之前,宗白华和郭沫若从未谋面,但从他们两人信件中所流露出的感情和对彼此的了解来看,他们仿佛更像是相交多年的老友。

两人本是相隔千万里,却在鸿雁传书中一点点拉近了与对方的距离。只因彼此都拥有着一颗热爱诗歌和渴望新生活的心,于是,两个原本毫无交集的灵魂在那个混乱的动荡不安的年代毫无征兆地相遇了,靠近了,如两道雪白的闪电撕裂了漆黑的夜,照亮了诗歌的天空,也铸就了文学史上一段文人相交的佳话。

古语有云:"千里马常有,而伯乐不常有。"从前的郭沫若恰如一匹无人赏识的千里马，宗白华则是发现郭沫若这匹千里马的伯乐。

在面对当时还毫不起眼的"千里马"郭沫若时，"伯乐"宗白华，独具慧眼的察觉到了这名年长他五岁的还远在异国他乡的青年胸中所蕴藏的不可估量的潜力和创造力，他似乎是为创作诗歌而来，尽管锋芒未露，但依旧难掩其中的逼人的气势。

1919年秋天到1920年3月的半年时间里，宗白华接二连三的刊发了郭沫若的作品，有时甚至整个篇幅都是郭沫若的新诗。在宗白华的支持下，借着《学灯》这个舞台，郭沫若这个"名不见经传"的青年开始大放异彩。

宗白华对郭沫若的赏识和扶持，使得郭沫若原有的诗歌才华被世人发现和承认，同时也开启了潜藏在郭沫若身上的在诗歌创作方面的密钥，让他迅速的放射出更加耀眼的光芒，并成就了一代全新的新诗诗风。

在与宗白华初相识的那段时间里，即1919年下半年到1920年上半年，郭沫若的诗歌创作进入了人生当中的第一个爆发期，他曾说，在这段时期的三四个月里，他每天都有新诗写出来，那时只觉得胸腔中似乎有一股热火在不停地跳动，让他思绪奔腾，浑身好像得了热病一样颤抖着，充满着一种异样的激情，这种激情使他在纸上写下一行行几乎不用思量就倾泻而出的诗句。那时候,他寄去《学灯》的诗稿,没有一篇是宗白华不登的。

　　风靡全国的《女神》中的大多数诗篇都写于这个时候。他在《女神》中的一篇《天狗》写道:

　　　　我是一条天狗呀!
　　　　我把月来吞了,
　　　　我把日来吞了,
　　　　我把一切的星球来吞了,
　　　　我把全宇宙来吞了。
　　　　我便是我了!
　　　　我是月底光,
　　　　我是日底光,
　　　　我是一切星球底光,
　　　　我是X光线底光,
　　　　我是全宇宙底Energy（能量）底总量!
　　　　……

　　诗人借助古代天狗食日月的故事,在奇特虚幻的境界中纵情驰骋。毫无疑问,这首诗也得到了宗白华极高的赞誉并随即发表在《学灯》上。

正是在宗白华如此强力的支持下，郭沫若诗歌的阀门一下子打开了，积压在心中的多年郁积全都倾泻了出去，如他自己后来在自述中所说："当我接近惠特曼的《草叶集》的时候，正是五四运动发动的那一年，个人的郁积，民族的郁积，在这时找出了喷火口，也找出了喷火的方式，我在那时差不多是狂了。"

而当时个人的郁积便就是郭沫若自身的性格与他的情感上的压抑。郭沫若年少之时便离开了家乡，二十多岁时就远渡重洋，离开自己的祖国留学去了日本。郭沫若本人性格外向，思维开放，精力旺盛，喜欢积极参与社会活动，但在异国他乡时，无论是在性格上还是在情感上，他都显得有点郁郁寡欢。

1920年郭沫若申请加入少年中国会时遭遇了挫折，这让郭沫若的心情更加的低落和烦闷。而在这时，也是宗白华安慰了他，宗白华在给郭沫若的一封信中说："但是我对于你干的事情，没有把它当作你一个人的，却把它当作人类——至少也是恋爱意识很深的人的罪恶，尤以天才者犯这种罪恶的多。"

宗白华的理解和安慰，让郭沫若感到了一种心灵上的暖意，他开始坦诚大胆地释放自己的情感，让那些郁积在心中多年的苦闷如同决堤的洪水一般喷薄而出，而那些激荡飞溅的白色浪花便幻化成了一句句铿锵有力、激情澎湃的诗句，它们在中国的新诗界刮起了一股飓风，并迅速的席卷了整个中国新诗坛，新诗界的诗风焕然一新。

在自身所具有的诗歌天赋被宗白华一点点唤醒的同时,郭沫若的内心也开始呼唤着改变,他希望自己积弱积贫的祖国能够涅槃重生,也希望自己能脱离过去的糟糕生活和习性,彻底的实现自我新生。郭沫若在寄给宗白华的一封信中写道:"我现在很想能如凤凰一般,把我现有的形骸毁了去……从那冷净了的灰里再生出个我来!"

因而在郭沫若的诗歌中,总能感觉到一股心脉的跳动,感觉到血液流淌的温热感觉,只因这些诗歌是他用自己的全部真心实意写就而成。用田汉的话来说就是,与其说郭沫若有着卓绝的让人难以企及的诗才,倒不如说郭沫若的诗中有诗魂,他的每首诗都是用自己的血、泪、精神以及忏悔而写就。这样一个凝聚了全部心神的诗作,又怎么能不打动人呢?

在宗白华的全力支持之下,郭沫若开始蜚声诗坛,这也让他由衷的感激宗白华,并渴望在这种新生力量的支撑下,将自己炙热的情感融入到了自己的血肉之中,奉献到自己所喜爱的事业中去,如郭沫若在给宗白华的信中所说的:"我要把我全身底血液来做《医海潮》里面的水,我要把全身底脂肪组织来做《学灯》里面的油!"

把自己的血肉彻底的燃烧干净!这种带着真挚和饱满感情的

宣言，大约也是他对宗白华在某种程度上的感恩和表达自己的心意了吧。由此可见，在郭沫若的心中，宗白华就是自己在诗歌创作路上的同伴和鼓励者，也正是在宗白华的激赏下，郭沫若彻底的放开了自己心中的渴望和热情，激发出了埋藏在心中的创作欲望，积极地投身到新文化运动当中去，终于达到大成之境。

宗白华对郭沫若诗歌的肯定，让郭沫若欣喜若狂，甚至想着宗白华的诗也定是自己所爱的诗，也可认作为自己的诗。

我们读两人来往的信件时，可以从中感受到那浓浓的治学相交之谊，两人虽未谋面，但却宛若多年老友，似乎正扫雪升炉，围炉品茗，畅谈彼此对诗歌创作的想法。这其中有欣喜，有惊诧，但更多的是一种来自心底的惺惺相惜，一种久觅不得却突至的灵魂的颤动和熟悉感。

郭沫若欣欢之中，提笔挥毫之下，长信宛若流水细淌而出，绵绵密密，在满纸诗歌感想和讨论中，将自己的情谊编织其中，供读信人细细品味。

宗白华在给郭沫若的信里写道："昨天得着你的信同新诗，非常欢喜，因我同你神交已许久了。你的诗是我所最爱读的。你诗中的境界是我心中的境界。我每读了一首，就得了一回安慰。"

自己的心情与心境被一个从未谋面的人在笔尖表达了出来，

第一章 寄君一曲，不问曲终人聚散

这该是一件值得庆幸的事了。以往，都有读书人从古书中寻找慰藉和自我心灵的归宿，在泛黄的纸张中与古人"神交"乃至"神游"，可是与一个同时代的人"神交已久"，那才更是一件让人激动万分的事。宗白华和郭沫若也由此发展出了一段当代"伯牙子期"的友情佳话。

在与郭沫若相识，尤其在读了郭沫若的诗歌后，宗白华甚至一度打消了自己写诗的念头，因为在他心里，他觉得郭沫若的诗就是他内心中自己的诗，读着郭沫若写出来的诗歌，他只觉得心里的那些不能付诸笔下的诗如汩汩的泉水般在自己的眼前流淌，借着郭沫若的笔诉说着他的心。

于是宗白华在信中这样写道：

> 因我心中常常也有这种同等的意境，只是因为平日多在"概念世界"中分析康德哲学，不常在"直觉世界"中感觉自然的神秘，所以虽然偶然起了这种清妙幽远的感觉，一时得不着名言将他表写出来。又因为我向来主张我们心中不可无诗意诗境，却不必一定要作诗；所以有许多的诗稿就无形中打消了。现在你的诗既可以代表我的诗意，就认作我的诗也无妨。你许可么？

郭沫若的诗歌是那样恰到好处地表达出宗白华心中所感所想,所以他觉得自己大可不必再去做什么诗了。而对于宗白华的这种想法,郭沫若在为其喜爱自己诗作感到兴奋的同时又感到深深的惋惜。他在信中写道:

> 只是你说:你有许多诗稿无形中打消了。我又很替我可惜起来,因为我想你的诗一定也是我所最爱读的诗,你的诗一定也是可以认作我的诗的。我想凡是艺术家对于他自己所产生出来的东西,一定是如像慈母之爱抚其赤子的一般,会要加以十分的爱惜的。你却何以那样的冷酷,那样的暴殄,或者你是取的独乐主义,不肯披露出来安慰我们的吗?

尽管宗白华感觉,自己的心情心境,都被郭沫若在笔尖表达了出来。但宗白华并没有单纯地沉浸在这种神奇的惊喜之中,他对郭沫若的诗歌天赋表示肯定的同时也坦诚地指出了郭沫若在诗歌创作时应该注意的事项和写作的方向。

在宗白华看来,郭沫若就是一匹在大草原上尽情奔腾的骏马,只要适当的从旁给以协助,他便可以自由无拘束地奔飞。

所以,基于两人在诗歌上的共同兴趣点,宗白华和郭沫若在

第一章 寄君一曲,不问曲终人聚散

书信间更多的是讨论诗歌的创作,宗白华对郭沫若的诗的喜爱,如前所说,已经将其认作为自己的诗来看,这都对当时的郭沫若起到了极大的鼓励作用,同时也更多地激发了两人在诗歌创作上的想法的探讨,开始深入地讨论诗歌的问题,两人将彼此的友谊建立在了对诗歌的创作方法和灵感上。

而自从1920年1月3日,宗白华在给郭沫若写信催过稿后,催稿就几乎成了宗白华的在担任《学灯》编辑期间的必做工作,他此后再也没有停止过对郭沫若的催稿。如他在信中所说:"今年《学灯》栏中很多想发表些有价值的文艺和学理文字。你能常常投稿么?你一有新作,就请寄来。"

甚至有时在刚刚发表完郭沫若的一首新诗后,便又会立即写信催稿,宗白华曾在另一封信中如是写道:"你的诗陆续发表完了,我很希望《学灯》栏每天发表你一篇新诗,使《学灯》栏有一种清芬,有一种自然的清芬,你是一个泛神论者,我很赞成。同我主张诗人的宇宙观有泛神论的必要。"

宗白华也并没有单纯的只是问郭沫若要诗稿,而是在认真细致的欣赏和读郭沫若的每一首新诗,当郭沫若的诗中出现某种不足时,他也会及时指出来。上文举到的郭沫若的《天狗》,当郭沫若把这首诗寄给宗白华时,宗白华给予了很高的赞赏并立即发表,但在发表后就立即写信给郭沫若,坦诚的指出他这首诗存在的缺点：形式过于简单固定，欠缺了一份灵动曲折。

郭沫若在与宗白华相识的那段时期，几乎每天都会沉浸在诗歌的创作当中，如痴如醉，用他自己的话来说，"就像一座诗的工厂，诗一有销路，诗的生产便愈加旺盛起来。"因而后来郭沫若一直坚定的秉持一个观点，那就是："诗是写出来的，不是做出来的。"这个深刻的自身感受终其一生都影响着郭沫若的诗歌创作，这不得不归功于宗白华当时的努力催稿。

人们常说的"文人相轻"。古代的时候，傅毅和班固两人文才相当，不分高下，然而班固轻视傅毅，他在写给弟弟班超的信中说，傅武仲因为能写文章才当了兰台令史的官职，但是他的文章下笔千言，不知所止。一直到现代，这种"文人相轻"的情况也屡见不鲜。但是在宗白华和郭沫若两人身上，我们看不到一点这样的痕迹。

宗白华就像是一位沿途行走寻觅宝石的鉴赏家，在遇到顶级的"宝物"时，便会驻足停留，仔细地鉴赏并将其推广出去，而不是藏掖起来，不愿世人知晓，这又该是一种何等广大的心胸与情怀！

面对宗白华对自己诗歌的喜爱以及宗白华对自己的帮助与扶植，郭沫若心中也是充满了感激的。他就像一直抱琴独奏的伯牙，终于等到了能够懂得自己的子期，给了他一份心灵中的慰藉，让他知道自己在创作的途上并不是一个人踽踽独行，还有一个人在背后默默地关注他，给他鼓励和力量，让他能够以更加饱满的热情在诗歌创作这条路上走得更远。

可以毫不夸张地说，如果没有宗白华，没有他开启了郭沫若在诗歌创作上的那把密钥，或许，我们将有可能错失一位天赋卓绝、才华横溢的天才诗人，也无法看到他那充满着激情澎湃的诗歌，中国新诗的天空也将失去一位璀璨的星辰。而同样，我们可能也无法见到文坛上如此鱼水般融洽的真挚友谊，试想，文坛上少了这份真挚情怀，又不知会冷清多少？

后来，爱才心切的宗白华将郭沫若介绍给了自己的另一个同样在东京留学的好友田汉，在宗白华看来，田汉和郭沫若一样，是一位才华横溢的诗人作家，两人都很有希望在文坛上大有作为。

宗白华的眼光是独到而准确的，田汉后来成为我国戏剧领域具有突出贡献的改革者，是中国现代戏三大奠基人之一。而郭沫若更是代表了一个时代的伟大的诗人。

宗白华在给田汉的一封信中如是写道："我又得了一个像你一类的朋友，一个东方未来的诗人郭沫若。"同样的，他又接二连三地给郭沫若写信介绍田汉，希望两人能"携手做东方未来的诗人"。在宗白华的相互引荐下，郭沫若、田汉和宗白华构成了一个铁三角的关系,三人非常的熟悉。此后,三人之间彼此书信传递,相互往来,友谊甚笃。

郭沫若后来回忆起自己和宗白华以及田汉当时的书信传递时觉得那一封封往来的信件就好像情人间的密语一样,让他宛如陷入了恋爱的感觉。1920年5月,三人的书信还被编辑为《三叶集》出版。

如果说宗白华是一湾清澄的水,静水流深,那么那郭沫若便就是那翱翔在天际的鹰,他无惧风雨,更无惧雷电,他肆意而又热烈地挥洒着自己的青春热血和满腔的激情,他无时无刻不在渴望着追求更高的突破。

早期的郭沫若虽然空有满腹才华无人赏识,但是好在,他是幸运的,在他还是一颗不起眼的星辰时,他遇到了宗白华,他内心诗歌创作的能量被彻底激发出来。宗白华拭去了掩盖着这位天才诗人的尘埃,使郭沫若成了一颗耀眼的明星,在黑暗的夜空中熠熠生辉,光彩夺目。于郭沫若而言,宗白华是好友,是知己,更是一路帮助与扶植他的"伯乐"。

在郭沫若还是一个在异国他乡求学的青年时,宗白华以一种莫大的关怀对他诗歌创作进行了鼓励和肯定,让他醒悟到自己在这方面的天赋和才华。从郭沫若写给宗白华的一封封热情洋溢的长信中,我们可以看到,郭沫若的心中总是怀着一种异乎常人的热烈情感，就如他在《女神》中所写的那样，渴望冲破旧的世界，开辟出一方新的天地。

而《女神》的惊艳创作，更是立即席卷了当时那片满目疮痍的中国大地，正如一夜春风拂过正在开展"新文化"运动的中国文学界，唤开了新诗的花蕾，带来了一股清新明媚、热血沸腾的气息。旧时的中国，似乎听到了郭沫若那响彻苍穹的呐喊，也在浴血涅槃中缓缓重生！

在宗白华和郭沫若的身上，我们便能够看到那个战火纷飞的年代中最纯粹真挚的友谊，没有猜忌和犹疑，只有真挚和纯真。他们的友谊宛如一朵盛开的白莲，在那血红色的年代里徐徐绽放，留给后世缕缕清香。

陈衡哲与胡适：
朋友之乐，是沙漠中的甘泉

友情，这两个字带给我们的暖意，像冬日里的羊皮手套，像深夜里的温热奶茶，温暖着全身每一个细胞。而对于友谊的定义，对于友谊的感受，很多人都有自己的理解。

王维说："劝君更尽一杯酒，西出阳关无故人。"王勃说："海内存知己，天涯若比邻。"白居易说："晚来天欲雪，能饮一杯无？"……

达尔文说："讲到名望、荣誉、享乐、财富等，如果拿来和友谊的热情相比，这一切都不过是尘土而已。"薄伽丘说："友谊真是一样最神圣的东西，不仅值得特别推崇，而且值得永远赞扬。"海塞说："比荣誉、美酒、爱情和智慧更宝贵、更使人幸福的东西是我的友谊。"……

每一句话的背后，都有一段暖人肺腑的友谊佳话。如果每个人的一生，都像漂泊在大海上的孤独小船，友谊，则是我们在这一路的行程中，摆脱孤独的最好解药。培根也说过："得不到友谊的人将是终身可怜的孤独者。没有友情的社会则只是一片繁华的沙漠。"

由此可见，大抵有识的学者都将友情看成了生命中的一片森林，生活中的一股力量源泉，它可以在荒凉萧索的沙漠之中开出绚烂的花朵，形成生机盎然的绿洲。胡适之于陈衡哲的友谊便是如此。

陈衡哲说过"朋友之乐，是沙漠中的甘泉。"

如果不是自身感受到了友谊带来的巨大的幸福感，又怎么能以如此恰当的比喻来形容友谊？而对于陈衡哲来说，与胡适来往的快乐，便如沙漠中的清泉，甘甜清凉，沁人心脾。

说起陈衡哲与胡适的相识，也算是一个有趣的故事。

1916年时，胡适和任鸿隽都在哥伦比亚大学学习攻读硕士学位，而陈衡哲正在美国瓦莎女子大学读书。任鸿隽因一次偶然的机会认识了陈衡哲，陈衡哲的从容淡定，谈吐风趣以及属于东方女性的温婉之美，都深深地吸引了同在异国他乡求学的任鸿隽，他开始追求陈衡哲，两人慢慢熟络并交往起来。

彼时，胡适与任鸿隽都在《留美学生季报》当编辑，是很要好的朋友。任鸿隽和陈衡哲在一起后，出于对两人才华的爱惜，他特意安排了陈衡哲与胡适两人的相识。可是由于受到地理条件的限制，胡陈二人一开始的时候只能通过书信联系。

半年的时间内，两人通信达四十余封。即使此时两人还未曾谋面，但一封封书信的交流，早已使得两人惺惺相惜，言谈十分投机，大有相见恨晚之感。

这些信件的内容有一部分是探讨文学问题，也有一部分是游戏酬答之作。

有一次胡适在给陈衡哲的信中写道：你若"先生"我，我也"先生"你。不如两免了，省得多少事。

收到胡适信的陈衡哲，对胡适的这个建议不以为然，她在给胡适的回信中写道：所谓"先生"者，"密斯特"云也。不称你"先生"，又称你什么？不过若照了，名从主人理，我亦不应该，勉强"先生"你。但我亦不该，就呼你大名。还请寄信人，下次寄信时，申明要何称？

陈衡哲的答复让胡适哭笑不得，他只好举手投降，给她回复到：先生好辩才，驳我使我有口不能开。仔细想起来，呼牛呼马，阿猫阿狗，有何分别哉？我戏言，本不该。下次写信，请你不用再疑猜：随你称什么，我一一答应响如雷，决不再驳回。

虽然只是只言片语，可是足以看出两人之间拥有怎样亲厚的友谊。

这种文人间的文字游戏古今中外都很常见，宋代大文豪苏轼与其友也曾这样书信取乐。文与可曾请苏轼作洋州三十咏，其

第一章 寄君一曲，不问曲终人聚散

中有一首叫作《筼筜谷》这首诗苏轼是这样写的"汉川修竹贱如蓬，斤斧何曾赦箨龙。料得清贫馋太守，渭滨千亩在胸中。"收到诗的文与可当时正在和妻子在谷中游玩，晚间烧笋做饭的时候打开苏轼的来信，看到苏轼这首诗时，不禁失笑。

这种挚友间的游戏笔墨，比之寻常取笑，高雅了何止百倍。而在字里行间的调侃中，也流露了浓浓的相惜之情。

胡适和陈衡哲两人从1916年10月开始持续通信直到1917年4月7日两人的第一次见面。这次见面仍旧是任鸿隽安排的，陈衡哲和胡适见面后并无拘束，如同相交多年的老友，纵情交谈，此后也继续保持了书信传递。

对于两人的第一次见面，胡适在自己的《藏晖室札记》中有着这样的记载：

> "4月7日与叔永去普济布施村（Poughkeepsie）访陈衡哲女士，吾于去年10月始与女士通信，五月以来，论文论学之书以及游戏酬答之片，盖不下四十余件。在不曾见面之朋友中，亦可谓不常见也。此次叔永邀余同往访女士，始得见之。"

这次见面，是两人的第一次见面，也是两人在美国的唯一一次见面。这时候,"五四"新文化运动席卷了国内文化界,也影响到了在国外留学的有志青年,郭沫若如是,胡适亦如是。与陈衡哲见面的时候,胡适也正在期待着有"同志"能一起与他参与文学革命,意料之外的是,陈衡哲成了当时加入新文学的他的"最早的同志"。

"最早的同志"即胡适对陈衡哲的称谓。胡适在后来的《小雨点》的序言中提到:"民国五年七八月间,我同梅、任诸君讨论文学问题最多,又最激烈。莎菲(陈衡哲的笔名)那时在绮色佳过夏,故知道我们的辩论文字。她虽然没有加入讨论,她的同情却在我的主张的一方面……她不曾积极地加入这个笔战,但她对于我的主张的同情,给了我不少的安慰与鼓舞。她是我的一个最早的同志。"

胡适和任鸿隽以及梅光迪等人就新文学的问题展开了非常激烈的争论,这时的他几乎处于孤立无援的境地,陈衡哲虽然没有加入他们之间的论争,但她的同情却在胡适一方,正是陈衡哲的同情让胡适在苦闷与孤寂之中感到了稍许的慰藉和鼓舞,陈衡哲也便被他看成了自己的"最早的同志"。

后来陈衡哲在文学革命上的坚定性的主张和创作实践,都让她真正的无愧于新文学时期的"最早的同志"。

胡适曾写过《文学改良刍议》一文,主张"作诗如作文"而

第一章 寄君一曲，不问曲终人聚散

最早响应胡适这一主张并积极进行创作实践来支持胡适主张的，便是陈衡哲。她是当时中国青年中最早从事白话新诗的创作的创作者之一，1918年便在《新青年》上发表了新诗《人家说我发了痴》。

胡适在《尝试集·自序》里给予了陈衡哲很高的赞誉"美国陈衡哲女士，都努力做白话诗。"

而且陈衡哲也是当时最早用白话文进行小说创作的作家，她所创作的《一日》早于鲁迅的《狂人日记》，是我们新文学史上第一篇白话文小说。

陈衡哲与胡适的友谊，远胜于一般的友谊，而上升到了一种灵魂的交流。这不仅仅体现在两人有共同的文学主张，陈衡哲的创作实践往往能及时体现胡适所提倡的文学主张，更体现在两人对彼此的了解上。

陈衡哲的丈夫任鸿隽还在《美国留学季报》担任主编的时候，有一天，突然收到了两首由陈衡哲创作的诗歌，这两首诗歌是这样写的：

月

初月曳轻云，笑隐寒林里；
不知好容光，已映清溪水。

> 风
>
> 夜间闻敲窗，起视月如水；
> 万叶正乱飞，鸣飙落枇子。

收到诗歌的任鸿隽非常兴奋，他把这两首诗歌抄写了下来，在空闲的时候把它们拿给胡适看，让胡适猜测一下是何人所作，胡适一下子就猜了出来。

"两诗绝妙！《风》诗吾三人（任、杨及我）若用气力尚能为之；《月》诗绝非我辈寻常蹊径……足下有此情思，无此聪明；杏佛有此聪明，无此细腻……以适之逻辑度之，此新诗人其陈女士乎？"

由此可见胡适对陈衡哲了解之深。他们两人的友谊是建立在互相了解的基础上的。所以胡适只是根据诗歌的结构、语言和其所表现的情绪，就能猜到是陈衡哲所作的。

1920年，陈衡哲与任鸿隽一起回国的时候，胡适在聚会后写了一首名为《我们三个朋友》的诗来表达他们三人之间的深厚友谊：

> 又是一种山川了，
> 依旧我们三个朋友。

第一章 寄君一曲，不问曲终人聚散

此景无双，

此日最难忘，

让我们的新诗祝你们长寿！

此后，任时光荏苒，岁月变迁，空间轮换，他们的友谊如陈酿的老酒一般，愈发的芬芳香醇。这份难能可贵的友情，最终汇成涓涓细流流淌在他们的心间，滋润着他们的生命，使他们在以后漫长的岁月中互相关心，互相扶持。

1922年正月，胡适离京后，陈衡哲在给胡适的一封信中附录了一首诗《适之回京后三日，作此诗送给他》，诗虽然依旧写的是"我们的朋友"，但是其中的诗句却不能不让人浮想联翩，暗暗猜测揣度两人究竟是怎样的一种扑朔迷离的关系。

在这首诗中，陈衡哲写着这样一些话："少了一个你/晚霞的颜色就太媚/晨星就笑得太可爱了/寒林的疏影也不愿在月光之下作态了。……我们总不该忘了/这三天的快乐/我们梦了过去又梦未来/游了沧海大陆/重还去寻那曲涧幽壑。……不能再续！/只有后来的追想/像明珠一样/永远在我们的心海里/发出他美丽的光亮。"

虽然才刚分别不久，但两人仍旧书信传递，吟诗怀想。陈衡哲的诗中充满了对友人依依不舍的感情，虽然过去的已经过去，未来依旧还在迷茫，看不清道路，可是那如明珠一样闪耀的美好回忆，如醇酒一般芳香的真挚友谊，却如同最光亮的珍珠一般深深地埋藏在心中，永远存在，绝不枯朽。这不得不让人感叹他们两人的情谊之深。

三个月后，陈衡哲跟随丈夫任鸿隽赴川，两人打算在成都建立新的事业。

任鸿隽虽极热爱文学，积极投身新文化运动，但学化学出身的他，心中颇有经济救世之想，他想通过创办真正属于自己国家的钢铁工厂，从而壮大国家的工业，促进国家经济的发展，使国家不再受制于外。

四川是任鸿隽的家乡，选择回成都办钢铁厂一直以来都是任鸿隽的一个梦想。而陈衡哲跟着任鸿隽回到四川则是打算继续从事教育事业，两人都期待着在这里大施拳脚，充分发挥自己的才能，实现自己的理想，开拓出属于自己的另一个新天地。

然而，事情的复杂性和困难程度远远超出了两人的想象，当两人在成都千方百计寻求出路时，一个远在千里之外的好朋友也在为两人的境况忧心，不时给予他们关怀和慰藉，这个人便就是被陈衡哲和任鸿隽称之为"我们的朋友"的胡适。

陈衡哲和丈夫任鸿隽打算创办钢铁工厂的时候，正是国内时局动荡，风雨飘摇的时候，她在给胡适的一封回信中这样描述当

第一章 寄君一曲，不问曲终人聚散

时面临的境况：

"我们觉得军阀（等于盗阀）的势力，正好像天罗地网一样，什么事都跳不出他的圈子。……现在我再寄一点 clippings 给你看看，你更可以知道现在四川的教育当局 reactionary 到什么程度。那些 robber barons 一面盛倡裁兵，一面却把北军入川之说作为口实，暗地里阻挠裁兵的实行（他们实在最怕中国能统一）。"

混乱的四川局势，在陈衡哲夫妇面前竖起了一道道无比巨大的屏障。胡适此前曾多次去信，劝说陈衡哲和任鸿隽两人放弃在四川开拓事业的想法，让他们依旧回到原来熟悉的环境中去，这样至少不用担心生活奔波和性命之忧。

虽然胡适在信中一再劝说陈衡哲，但这并没有改变她的想法。陈衡哲告诉胡适他们暂时已打定主意要先在这儿观察一段时间，再试试其他的办法看看，在婉拒胡适的好意之时，陈衡哲也用一种轻巧的语气给好友说明了一下自己目前的处境和想法，在让胡适放心的同时，也让他明白自己暂且留在成都的想法是不会改变的。

陈衡哲还在信中向胡适说了自己最近一段时间的计划："我

现在所做的事是：（一）编《西洋史大纲》。（二）为川中的青年制造一点反军阀的心理（演说、文章，或在言论及社交之间），此事在四川为之，真如逆水行舟，甚为费力，然颇有可为的效果。（三）作点文艺小品自遣。可惜重庆的空气太坏了，女子的程度又是低之又低，朋友之乐，竟是沙漠中的甘泉了！"

正是在这段话中，陈衡哲把友谊比作"沙漠中的甘泉"陈衡哲当时所处的环境，时局动荡，军阀统治，女子不被认可，仿佛身处"沙漠"一般，让人感到窒息和忧心，而胡适与她的谆谆友谊，却让处境困难的她感受到了人间的极乐，仿佛沙漠中的清泉，甘甜清凉，滋润着她，让她整个身心都得到了慰藉，从而更有勇气和毅力去坚持自己选择的道路。

当时，胡适正在创办《努力周刊》，这是一份宣传新文化和新诗的刊物。为此，胡适也是整日忙碌，难以有闲暇之时。陈衡哲去四川之际，就已经辞去了北大教授的职位，而是在家专心持家和著述，她最为著名的作品《西洋史》便就是这个时候开始编写的。

《西洋史》这本书从中国人的眼光出发，来看待西方社会，虽然它在是依赖西洋史家供给的史料写作而成，但从它独特的视角，精心结构的叙述和解释中，都可以看出来，这是一部带有创作野心的巨作。

而对于这本书,胡适曾盛赞为是一部中国治西洋史上的"开山"之作,并热烈的给以撰文推介,在给《西洋史》的书评里,胡适说:"史学有两方面,一方面是科学的,重在史料的搜集与整理;一方面是艺术的,重在史实的叙述与解释。"

只有如此,方才"可以见作者的见解与天才。"而也只有这样,历史"方才有趣味,方才有精彩。"陈衡哲的《西洋史》就是这样的一部野心之作,"在叙述与解释的方面,"陈衡哲"确然做了一番精心结构的功夫。"

如此大力地介绍好友的作品,在胡适的人生中还是并不多见的事情,而胡适的这些恰到好处的推崇和评价,确实也说到了陈衡哲的内心深处。陈衡哲本人曾说过她编辑《西洋史》时,只是想将活的历史挖掘起来,不希望它沉埋在历史的灰尘之下,而让更多的年轻人能对历史产生一种兴趣,让真理与兴趣同时的在读书人的心中实现。因而才有了突破当时常规教科书的编写体例。

不得不说,作为好友,胡适是懂陈衡哲的,两人在文学上似乎总能达到一种心灵相通的默契,心随意动。尽管两人大多数时候都不在一处,但彼此频繁的书信往来,仍使得对方好像在自己身边一样。

在陈衡哲闲暇之时,便会写些短篇小说,不时给胡适的《努力周刊》投去,也算是帮胡适解决了一个稿件急缺的问题。

又一次，陈衡哲在给胡适的回信中说："看见了你的《读书杂志》和《努力》里加上的文艺小品，甚是喜欢。但《努力》的篇幅，似乎更不能不加了罢。我很希望能替《读书杂志》做点文章。现在先给《努力》寄去短篇小说一篇。这样的文章，于我是完全不费力的。你用得着时，我可以时时给你做点。"

由此更可见证陈衡哲与胡适的友谊是怎样如海之深，如山之固。胡适在整日忙碌之时，仍不忘关心陈衡哲的事业与处境，而陈衡哲身在困境，却也在尽力为胡适创办的刊物写一些稿子，以解决胡适稿件急缺的问题。

而且，两人每次书信往来时，除了对彼此境况的关心外，还常常就一些文学做出一些探讨，在当时紧张而忙碌的生活中，这也可以看作朋友间的调味和放松了吧？

用陈衡哲在信中的话来说，这种朋友之乐，就是"沙漠中的甘泉了！"故虽然生活中屡屡遭遇困顿险阻，但有这样的友人相伴，想必也会宛若在人间天堂吧！

其实，对于胡适与陈衡哲，外界不是没有流言。然而两人心中清澈如明镜。所谓"身正不怕影子斜"这从他们对彼此家庭的关心和照顾中也可以看得出来。

胡适有了女儿后，给女儿取名"素斐"，这个名字其实用的就是陈衡哲的笔名的英文音译名。陈衡哲的笔名为"莎菲"但

第一章 寄君一曲，不问曲终人聚散

胡适此举，也曾在他的文章中明确说过，没有丝毫隐瞒。由此可见，他以陈衡哲笔名作为女儿的名字，实是希望女儿能像陈衡哲一样聪慧。

任鸿隽和陈衡哲有了一个女儿，胡适得知消息之后，十分高兴。来到鸡鸣寺，作了一首诗：

> 重上湖楼看晚霞，
>
> 湖山依旧正繁华；
>
> 去年湖上人都健，
>
> 添得新枝姊妹花。

当素斐（胡适爱女）在五岁时不幸夭折时，陈衡哲和任鸿隽还让胡适把自己的女儿认作义女。

陈衡哲与胡适间的友谊，从在美国读书时由任鸿隽介绍开始通信，到1962年胡适在美国逝世，持续了有半个世纪之久。他们的友谊在起起伏伏的世事中，随着岁月的流淌，愈加深厚。

陈衡哲与任心一：
多年友人亦亲人

世上的感情各种各样，可最重要的不外乎三种：亲情、爱情、友情。

亲情如参天巨树，虬根深深地扎在地底，枝繁叶茂，可供人乘阴蔽日，遮风挡雨，无论何时，都会是心中最安稳和舒心的休憩之地。

爱情似浓烈美酒，灌入喉肠时如火烫烧，仔细品味时在灼热中又带着持久的香醇，让人一饮即醉，百炼钢也化为绕指柔肠，内心百转千回，是生命中永难抹去的既温柔又深刻的印记。

友情却如涓涓细流，不似亲情平淡，亦无爱情浓烈。润物无声，在你心痛难挨时可供你止痛疗伤，抑或在你百无聊赖时可一起挥霍大把的时光，但更多的却是像淘尽日常琐碎后，静静地沉淀在溪流水底的金石，炫目而耀眼。

如果说，亲情是温馨，爱情是甜蜜，那么友情就是日常中的带有一份独有的平淡韵味。三五好友，相聚一处，或低声交谈，

第一章 寄君一曲，不问曲终人聚散

或放声大笑，或家里长短，甚至只是静静的独处，都会使人感受到天地的宁静和心底的欢喜满足。如此，岁月安稳，时光静好。

陈衡哲在美国读书时与任鸿隽相识，两人后来结为夫妇。陈衡哲也由此识得了任鸿隽的三姐任心一，两人既是亲人，更是朋友，几十年的交往，使她们结下了亲密无间的友谊。

任心一从小就聪慧，尤擅长诗词一道，在当时的上流名士当中，很多人都和她有过诗词往来，但她终身未嫁，因而任鸿隽和陈衡哲等人便就是她最亲近的人。任心一居于重庆时，陈衡哲曾写了许多家信来关怀任心一的生活。

在20世纪初期之时，电话还未出现，人与人之间还只能靠手写的书信来远距离的交流与联络。而书信自古以来便被认为是个人间的私密之事，情人间或互诉衷肠、暗通款曲；友人间或纵横捭阖、高谈阔论；亲人间，一封家书抵万金。

信在某种意义上，已经脱离了信本身，而成了一种情感的寄托和表达，承载着心的重量。它飘过原野，呼啸过山林，掠过城镇，如一阵风般带来远方的消息。也许只是一句轻轻地问候，却如同暖春三月的阳光，能够驱散所有的阴霾浓雾。

在陈衡哲写给三姊任心一的信里，看不到热烈的感情，入眼处只有安然的恬静和对生活的从容不迫。在这份静待时间流沙从指尖滑落的日子里，从那些琐碎平淡的日常小事中，我们更可以品味出那淡如水亦浓于水的深挚情感。两人关系是亲情，亦是友情。

陈衡哲生活的年代，是混乱不堪、战争随时都会爆发的年代。这个年代，也是一个书信盛行的年代。书信的存在，缓解了那个时代人心中的焦灼和不安。陈衡哲经常写信给自己的爱人，写信给自己的好友，同样，也写信给是亲人更是朋友的三姊。

任鸿隽家中共有四个兄弟和三个姐姐，除了二姐早逝，大姐嫁给了舒自铭外，剩下的就是三姐任心一。任心一喜欢任家的和谐并享受着兄弟姐妹间的情谊，一直不忍离开，因而终身都未出嫁。

任心一在很长一段时间内一直在重庆，就住在重庆的任家花园里，而那时的重庆时局并不稳定。

1922年6月时，川军里的第一军军长但懋辛和第二军军长杨森两人火并交战，将四川拖入了一场军阀的混战之中。一个月后，杨森等人逃到了武汉投靠了吴佩孚，后依靠吴佩孚的力量与援助，杨森又卷土重来，四川再次陷入水深火热、炮火轰鸣之中。

任心一等留在重庆的人在每次开战的时候只能躲进任家花园的防空洞里。直到次年7月，战争才告一段落，局势稍微好转，至少暂时的免于了战争的轰炸。

第一章　寄君一曲，不问曲终人聚散

当时，陈衡哲在寄给任心一的信中这样写道：

"你们居在重庆的苦是可想而知的。大嫂、二嫂不容易下来，你为什么不来上海避避呢？上海固然不是住家的地方——烟气熏天、车声震地——但比了重庆总要好些罢。"

陈衡哲希望任心一能到上海避避战争的烟火，和他们生活在一起，这样也就不用担惊受怕的过日子。可是，这一提议被任心一拒绝了，我们无法具体猜测任心一拒绝离开重庆的原因，但仔细猜想，大约是觉得在重庆居住的久了，而且家就在这儿，所以并不想就这样离开吧。

陈衡哲知道自己无法劝说任心一去上海居住，所以也只能在信件的末尾衷心的祝愿"你们大家已经不在战争的范围中吃苦了"。

除此之外，陈衡哲还在信中细细地说了自己的情况："你的两封信都收到了，我在两月前才把《西洋史》的上册赶完，但已经赶得头昏眼花了。接着又还了许多零碎的文债，所以至今才能给你写信。……大嫂的病好点了吗？我的腰痛差不多全好了，但仍经不起劳乏。小都事事都懂，样样能说了。《努力》附去一份，但不能完全了。锡三、锡朋、锡光的信都已收到，读之极喜，望他们以后再多多写信。"

信中深情的话语几乎没有，但细细品读，却能感受到陈衡哲在言语中对任心一的那份亲昵和亲密，如同三月的春风，轻轻柔柔地。在话家常的同时，也表达了自己的担忧，在问候的同时，也宽慰着对方的心。在叙述自己的生活现状时，也表示了对晚辈的关心和关爱。

陈衡哲的信虽不长，可认真品味，你就会觉得，有一股脉脉温情流淌其中，这种温情，似女性间的情谊，更多的反而是一种家的感觉，温暖而贴心，自然而舒心。

"人之相识，贵在相知，人之相知，贵在知心。"因为懂得，所以信任。任心一之于陈衡哲，不仅仅是三姊，更是一个贴心的好友，她们之间可以分享自己生活当中的趣事、乐事和烦恼事，也可以交流在阅读上的心得与体会，同样也可以交换彼此的观点和观念。有友如此，夫复何求？

最难能可贵的是，陈衡哲在信中，也毫无保留地向任心一诉说了自己和丈夫对于感情和婚姻的看法，表现了自己的情感和思绪。

陈衡哲在信中向任心一诉说：

第一章　寄君一曲，不问曲终人聚散

"当叔永在美国时我提起结婚的事的时候，他曾告诉我，他对于我们的结婚有两个最大愿望。其一是因为他对于旧家庭实在不满意，所以愿自己组织一个小家庭，俾他的种种梦想可以实现。其二是因为他深信我的一点文学的天才，欲为我预备一个清静安闲的小家庭，俾我得颛（专）心一意的去发达我的天才。现在他的这两个愿望固然不曾完全达到，这是我深感惭愧的一件事；但我们两人的努力方向是不曾改变的。"

一直以来，陈衡哲和任鸿隽的结合都被看成是一段"才子佳人"的美谈。但在之前，陈衡哲一直都坚信自己是不婚人士，这其中其实是大有缘由的。

早在陈衡哲十七岁那年，她的父亲陈韬就已经替她指了一门婚事，对方是陈韬从当时的一个官宦家庭中挑选出的一个他自认为品性良好的青年。然而，一向在家里乖巧听话的陈衡哲却在这件事上表现出了强烈的抵抗情绪。

在上海接受新式教育的三年时间里，已经让陈衡哲开始知道了自己今后可能将要走的人生道路，虽然依旧有点懵懂，但已决心要在知识界发展的她意识到一旦结婚将很有可能完全束缚她的生活，她会从自己热爱的领域退居到家庭的琐事当中来。

于是，陈衡哲选择了抗婚，她觉得自己需要一个绝对自由的生活环境，不要被任何其他的东西所羁绊，尤其是婚姻。所幸，她抗婚成功了。

但随之而来的却又是另一份迷茫，她不知道自己要怎么在学术这条道路上坚定地走下去，而如果她找不到正确的出路，她又将回到原来的老路上去。此时的陈衡哲内心充满了痛苦和迷茫，她在自传中说："那两三年中我所受到的苦痛拂逆的经验，使我对于自己发生了极大的怀疑，使我感到奋斗的无用，感到生命的值不得维持下去。"

此时的她即将二十四岁。幸运的是，陈衡哲的舅舅庄思缄为她打开了一扇全新的窗户，教会了她要成为一个为自己"造命"的人。所以1914年，陈衡哲选择了赴美留学，此后，她的人生轨迹发生了重大的转变。

六年的留美学习生活，不仅让陈衡哲在此后的中国学术界和知识界声名远播，同时更是破了她一直以来坚守的堡垒，她的不婚主义告破了。

任鸿隽的出现，让她感觉到了爱情的美好。而任鸿隽确实也是对陈衡哲体贴入微，给了她充足的使她自由学习和生活的环境。任鸿隽对陈衡哲曾说："你是不容易与一般的社会妥协的。

我希望能做一个屏风，站在你和社会的中间，为中国来供奉和培养一位天才女子。"

任鸿隽如细雨般的爱情一点点洒进了陈衡哲的心间，尤其是最后任鸿隽三万里的求婚之路（从中国到美国），彻底地打动了陈衡哲，或许如陈衡哲在信中所说，他们的婚姻是基于任鸿隽的两个愿望，但在某种程度上，又何尝不是一种双向肯定、欣赏和选择的过程呢？选对了人，即使是以前一直所谓的坚持都有可能溃不成军，轰然倒塌。

任心一终身未婚，陈衡哲作为任心一的弟媳和好友，或许在某个时刻也希望任心一能找到一份属于自己的爱情，找到属于自己的那份心动。因为她清楚地知道，那份心动可以打破以往坚持的力量。

想必，这也是陈衡哲在信中向任心一诉说自己对感情的看法的一个隐秘的原因吧。

毕竟，陈衡哲曾经也是一个不婚主义者，而任鸿隽的出现使她得到了爱情的滋养，打破了自己一直以来的坚持。面对既是知交好友又是亲人的任心一，陈衡哲也渴望她如自己一样，获得一份属于自己的幸福。

只是，不知道读到这封信的任心一，能否发现陈衡哲字里行间的苦心与关心，而她又会做何感想呢？

辛弃疾有首《清平乐·村居》："茅檐低小，溪上青青草。醉里吴音相媚好，白发谁家翁媪。大儿锄豆溪东，中儿正织鸡笼。最喜小儿无赖，溪头卧剥莲蓬。"

这首词生动而形象的勾勒出了一幅五口之家的生活，充满了生活情趣，恬淡而舒适，让人读来不由会心一笑，神情舒爽。

家中之乐，亲人之乐，确是人生一大快事。在陈衡哲的心中，她和三姊任心一之间，即有亲人间的温馨，亦有友人间的亲昵，这种情谊蜿蜒于笔下，却绵延千里，穿心透骨，只觉得身心之中的五脏六腑都被一根线牵动了，细微俱察。尤其信中的恬淡与宁静，让人不禁为之沉醉。

但实际上，由于受当时局势的影响，她们各自的生活并不是只有平静与安宁，反而充满各种各样的波折。

1920年，陈衡哲和任鸿隽两人回国时，生活就非常不稳定，两人一直在全国各地辗转，从北京到南京，再到上海，也去了香港，最后又回到了四川。

1922年任鸿隽与陈衡哲回到重庆故居时，长期在外漂泊的他不禁有了落叶归根的想法，便斥资在老家购买了七十多亩的田地开始修建任家花园，最后花费8万元建成了前期的任家花园。

任家花园处处绿树成荫，花影摇曳，庭院中有鱼池，草亭石桌，清澈溪流和楼台亭阁，尤其是主楼前面的一株茶花，显得异

第一章 寄君一曲，不问曲终人聚散

常珍贵。

当时，陈衡哲和任鸿隽都在外忙自己的事业，长期住在任家花园中的便只有三姐任心一，任心一便自然而然的成了任家花园的"女庄主"，平素里一直都是她照顾着任家花园的一切。所以任心一尽管终身未嫁，但她在任家始终有着独特的地位，任家的许多后辈也都是由她在照料着。

陈衡哲寄往家中的信大多数也就是写给她，通过她了解家里的情况，可以说，任心一就是在陈衡哲与任家的其他人之间架起了一座桥梁，互通讯息。如陈衡哲一封信中写过这样一些生活琐事：

> 前次接到你的信后，尚未奉履，又得到你阴历年底来信，欣悉一一，感谢得很。北京今年冷极了，听说乡园百花茂盛，不禁心向往之。玉林订婚，请为我们道贺。喜期定在几时，请尽早示及。我的四妹也由我们的介绍上月和余上沅君结婚。玉妹（即是周宜甬的媳妇）也即要结婚了。天下祸乱相仍，幸有新娘子们来开心笑，不然更是愁云四塞了。
>
> ……
>
> 又附去小照一张，乃是新年初一所摄的。书书是

高山流水遇知音

> 一个极顽皮的孩子，再没有姊姊老实，你看小照便知道了。小都现在天天习字，寄上一张给嬢嬢看看。她又谢谢三姊给她的书笺。锡三写的信很有进步，以后可再多写些信。我们前次要爷爷、妈妈的像，是为的在过年的时候，好供些花果，并且令两孩拜识拜识先人。家中如有，望仅今年之内寄一张为盼。匆匆不尽，下次再谈。

这些话中，无关其他，只话家常。笔调平淡却亲切，娓娓道来，自有一股深情弥漫其中。

闲话家常，本是最普通不过的事情，但在陈衡哲的笔下，却宛若有了生命力，我们能够清晰地感知到字里行间流露出的真情实意。

在这封信中，陈衡哲对家里人的关爱和问候，显得温婉而细腻，琐碎小事一样样道来，温柔而体贴，有对妹妹们的生活的关心和要结婚的欣喜，有对大嫂的关切和担忧，也有对后辈小孩的喜爱和自豪，更有对故去长辈的怀想和尊敬。整封信里流露着一位贤惠的妻子和妯娌间的闲话家常的亲切感。其中充满了对家的温情，读来让人心中似乎有一道暖流流过，充满了爱的温馨。

有一种情感，即使你身在千万里外，亦追随你至天涯海角。

第一章　寄君一曲，不问曲终人聚散

无论你身在何处，身处何时，都想传一份消息，报一份平安，为自己亦为对方心安。说不清是亲情，还是爱情抑或者是友情。但于陈衡哲而言，她与任心一间的情感便是这种感情。

时局动荡，联络极为不便，再加上自己学术研究，陈衡哲与亲朋好友的会面更加困难。因而此时的书信反而弥为珍贵，一字一句皆诉发心底，更是心灵在远洋大海之中的慰藉。

1927年陈衡哲前往参加太平洋国际学术会议期间的途中。曾经给任心一写过一封非常简略的信，信的内容如下：

> 三姊：
> 多谢你的信及枕套等，我于六月廿一日出京，赴太平洋国家学术会议，代表中国，此匆匆未能作信。此船即是由天津至神户，明到神户后再换船，大概一月之后可望回国，那时再细谈罢。
> 此祝
> 全家安好
> 　　　　　　　　　　　　　　　　弟媳衡哲上
> 　　　　　　　　　　　　　　　　六月廿五日

自从1925年太平洋国际学会被引进到中国后，便一直受到当时的国民政府与学术界的重视，而其中的中国分会也不可避免的承载了双重身份与职责，一个是作为国民政府外交手段的推行者，另一个便是推动和赞助中国学术研究不断向前发展的主力。

后来随着中日关系的恶化，太平洋国际学会中国分会越来越感到自身的吃力，不仅在外交方面无所作为，在学术方面也受到了来自各方面的质疑。

1926年12月时，以中国科学社为首，人们开始反对日本来支配中国的文化，并决心做出自己的科学文化成就。陈衡哲当时作为太平洋国际学会的中国理事会代表，出席了1927年举办的第二次会议，此后连续四次出席该学会的会议。

信中，陈衡哲寥寥几笔便交代清楚了自己的行程以及时间安排，此外再无其他赘述，显得十分简洁，却让收信人感到了一种安稳和被信任的感觉，只有彼此相交之人，十分信任之人，才能如此言少而意达，从短短几句中便读出彼此的心声。虽然仍会挂念，但更多的是一种心安。

读陈衡哲写给任心一的信，永远都有一种温温婉婉的感觉，如三月里的春风轻轻地拂过脸颊，然后柔柔软软的洒进心里，细细的、密密的，让人觉得舒爽轻柔。

仿佛从信中，我们可以看到一位温婉的女子端坐在桌前的灯光下，右手执笔，笔尖不疾不徐地从雪白的纸张上滑过，留下

第一章 寄君一曲，不问曲终人聚散

一个个浑圆的字体，组成一句句柔软的话语，融化在浓密的黑夜里，而字里行间所体现的真挚的情谊却在周遭的寂静中缓缓地散开，随风飘向远方。

这就像那个时候的友情，没有波澜壮阔，只有低低的问候与平静的讲述，但内心却早已将彼此看成生命中最重要的人，可相互托付。在陈衡哲的心中，三姊任心一永远都是那个可以任她似小女儿般撒娇和毫无顾虑的相托的人。

作为民国时期才华出众的女子，陈衡哲在新文化运动时是个坚定的实践者和改革者。即使已经嫁做人妇，但在她心中，自己热爱的学术一直都是她心中的事业殿堂。当初年轻之时，她为了投身知识界而抗婚，并远走他乡，在美国留学六年，最终学成归国，在北京大学担任教授，同时因自身的学术能力与才华，她在当时的学术界也成了很有影响力的学者，并因《西洋史》的出版而名声大振，成为学界名儒。

因此，作为学者，她心系学术，关心传播新文化运动的杂志，在她和三姊任心一的通信中也时常能看到她给对方邮寄《努力》周刊等。而她和三姊任心一的情谊一部分也是基于彼此共同的阅读和探讨爱好上。

但同时，她还是一个妻子和母亲，她有了自己的美满幸福的家庭生活，不管有多热爱学术，家始终都是她心中最大的羁绊，因为那里有她的亲人和她爱的人。不管她走多远,她的心中始终挂念着一个地方,那里有她挚爱的人,那里充满温情和温馨。

家,永远是她最安心的港湾;家人,永远是她最深切的牵挂。为了照顾家庭,陈衡哲有时也不得不牺牲学术,她因为怀孕多次辞去大学教授一职,因为照料孩子,不得不改为在家著述。

在陈衡哲身上,始终能看到她在努力让自己的家庭和事业得到一种调和。对于学术,她自然是亲力而为,对于家庭,有时就不得不向一向关系亲厚的三姊任心一寻求帮助了。

在信中,陈衡哲直言:"今秋日本之会,我十分想去,但家中太没有人了,小孩子不放心。你如肯先来,俾我能得到一点自由,那真是感激极了。万一你一时走不开,锡三能先来吗?……我希望你和她,或二人中的一人,在我这样需人帮忙的时候,能不使我失望。"

面对亲爱友好的三姊,陈衡哲毫不犹豫地向她"求救",坦诚自己的想法与心思,不用担心会遭到难堪的拒绝。

大多数信中,陈衡哲都习惯性地向任心一说一下家里的情况,就像多年的亲人在闲话家常:

> "昨日小都和书书去考孔德学校,都考取了。小都是初小三年级,书书是幼稚园。……见面不远,一切

还望自己格外保重,勿太感伤为幸。余详叔永信中,不赘。"

实际上,在面对任心一时,陈衡哲的身份是多重的,既有弟媳的身份,也有同为女人的身份,更有作为学者的身份,而有时也会表现出她是孩子母亲的身份。这种多重身份让陈衡哲和任心一之间的感情显得更为深厚和复杂,既是家人关系,又超脱了单纯的家人关系,所以这样,两人才会显得亲密无间吧。

第二章

有些人不需要姿态,也能成就一场惊鸿

陶行知与小朋友：
你们，是我心头最暖的童话

曾有人说，在每个人的内心深处都住着一个孩子。可是很多时候，长大成人的我们却不知道该如何去和孩子交流沟通，我们潜意识里总觉得孩子们的想法是很幼稚的，甚至还有些可笑，更不用说去和他们做朋友，成为知心相交的好友了。

对于成人来说，似乎只有在同龄人那里才能找到志同道合的朋友，才能奏出高山流水的琴音，至于和小朋友的相交之谊则显得有点遥远。然而古人曾说过："人生交契无老少，论交何必先同调。"交友并不分年龄几何，而是贵在相交之道。

我国著名教育家陶行知就是一个十分愿意并擅长同小孩子做朋友的人。他把这些孩子亲切地称为自己的"小朋友"在与他们的交往中，他感受到了最真实的快乐和来自灵魂深处的愉悦。

陶行知虽然是我国著名的教育家，可是他却最喜欢和小朋友打交道，更喜欢和他们做朋友。陶行知十分喜欢和小朋友通信，他曾经说过："平时得了小孩子一封信如得奇宝，看过了即刻就写回信，回了信就把它好好地收藏起来。"

他把小朋友的来信看成了自己事业的一部分和精神力量的源泉，认真对待，且都言辞平易近人和恳切，双方是平等的对话和交流。

1924年时，陶行知收到了来自自己故乡徽州的一位名叫吴立邦的小朋友的来信，在吴立邦的来信中，他向陶行知述说了自己在隆阜平民学校的教育实践中教导一位六十多岁的老人识字时遇到的老人不易教化和开通等问题的困扰。

收到信的陶行知非常认真地给吴立邦写了回信。在信中，陶行知给出了自己的看法，如一位知心的大朋友一般与这位小朋友交心相谈。

在写给立邦小朋友的信里，他亲切地称呼吴立邦为"立邦小朋友"，并在开头写道："接读你的好信，如同吃甘蔗一样，越吃越有味。"

这是何等的欢喜与愉悦！甚而能从中品出一丝甜甜的味道出来。透过单薄的信纸，宛若能看到嘴角微微翘起，眼神清亮且盈满喜悦的陶行知正低头伏笔，字句在纸上缓缓落下，如一个个跳动的音符。

陶行知是怀着极大的热情和喜悦来给这位远在自己家乡的从未谋面的小朋友细心而认真地写下这封回信。

而且我们知道，小孩子大都爱吃甘蔗，陶行知用这样一个通俗的比喻来形容接到信的欢喜，在一开始就拉近了他与小朋友吴立邦的距离。

百年前，梁启超曾挥斥方遒，写出了振聋发聩的《少年中国说》，开篇有言："故今日之责任，不在他人，而全在少年。少年智则国智，少年富则国富，少年强则国强，少年独立则国独立，少年自由则国自由，少年进步则国进步，少年胜于欧洲，则国胜于欧洲，少年雄于地球，则国雄于地球。"

一国之兴亡盛衰，全看少年。在陶行知生活的20世纪二三十年代时期，国破山河，外敌入侵，无数的仁人志士纷纷投笔从戎，希冀血战沙场，还中国大地和中国百姓一片朗朗乾坤。

然而，陶行知躬耕校园，专注于教育。因为，在他看来，对于中国人民的教化和教育才是最根本的东西。

陶行知尤其关注青少年的教育。在给吴立邦的回信里，他写道："世上有十八岁的老翁，八十岁的青年。要想一世到老都有青年的精神，就须时常与青年人往来，小朋友的信啊，你是我精神的泉源！"

可以说，与青少年朋友的交往成了他精神财富的来源。

他在信中，孜孜不倦的教诲小朋友要爱国，要努力上进为国家做贡献：

"国家是大家的。爱国是个人的本分。……小孩们用心读书,用力体操,学做好人,就是爱国。今天多做一份学问,多养一份元气,将来就能为国家多做一份事业,多尽一份责任。……家里办好了,再推广到左右邻居,这事就是治国平天下的入手办法。"

这是因为陶行知知道,教育好青少年才是强国的根本之道,青少年正当学习的大好时机,他们是祖国的希望和未来,他们发展好了,祖国的未来就有保证。

在教育自己的小朋友爱国、读书的同时,陶行知也以极其认真的态度解决小朋友在信中提出的疑问和困扰。

当吴立邦向陶行知述说自己教导一位六十多岁的老人识字时遇到的老人不易教化和开通等问题时,陶行知非常诚恳地给出了自己的建议:

"你信上说到贵处的老太婆们如何顽固,如何不易开通,这也是自然的现象。我们在社会上做事就要预备碰钉子。我在这几个月当中,也碰了四五个钉子。碰钉子的时候有两个法子解决,第一是硬起头皮

> 来碰，即使钉是铁做的，我们的头皮就要硬到钢一样，叫铁钉一碰到钢做的头皮上就弯了起来；第二是要把我们的热心架起火来，把钉子烧化掉。我们只怕心不热，不怕钉子厉害，你看如何！"

对于立邦在信里的抱怨，说老太婆们如何顽固与不听教化。陶行知给他提了建议，希望他在面对困难时，要敢于碰钉子，更要"预备钢头碰铁钉"，或者直接用自己的热心将钉子烧化。

"钢头碰铁钉"知难而上，才能攀上峰顶，欣赏到不一样的风景，体会到别样的幸福与快乐。这既是陶行知对小朋友的教育，也是我们现在需要让自己具有的品质。

爱心，是这个世上最柔软的东西，可以让铁树开花，三冬温暖。信纸铺陈，上面写满的，都是陶行知对立邦的鼓励和赞赏。没有傲气，亦没有冷淡，他细心地解释了自己暂时不能回去家乡的原因，这种细节虽微小，却感人至深。

陶行知在热心地给出建议的时候，还拿出自己最近碰钉子的例子，来劝导小朋友不要因为碰了钉子就没有了继续坚持下去的热情。以自身举例，很轻易地就拉近了自己与小朋友的距离。

信中，陶行知也不是一味地说教，尤其在最后更是以商议的口吻来问小朋友的看法"你看如何"这就使两人的关系不是长辈与晚辈的关系，而是真真切切的朋友关系。

陶行知能这样与自己的小朋友通信交谈，不仅是因为他对小孩子心理的了解，更是因为他对于自己小朋友发自内心的热爱。

孩子们的纯真活泼，天真善良，时时敲击着陶行知先生的心灵。他真心实意地去跟他们交谈，做朋友，从他们亮如星辰的眼睛中，陶行知感受到的是未沾染任何世俗的纯真，是虽稚嫩却仍饱满地对于知识的渴望，对于世界的热情。

陶行知感受到的这种渴望和热情，使他毫不犹豫地把自己的一生投入到教育事业，投入到青少年的成长中去。

因为，透过这些幼小的身躯，透过他们稚嫩的笔迹，陶行知看到的，是中国的未来。

然而，如何让他们成长为真正为祖国建设做贡献的青年，却需要良好的教育环境和正确的知识引导。

这便是陶行知一生努力之所在。

陶行知原名叫陶文濬，后来因为欣赏王阳明提出的"知行合一"而将自己的名字改为"陶知行"。随着自身实践，他发现，"行是知之始；知是行之成"于是他又将自己的名字改作了陶行知，并撰写了一篇文章，叫作《行知行》，这篇文章发表在《生活教育》上。

从此，陶行知一生都在实践着他的行知理论，这种理论尤其体现在他的教育理念上。

陶行知对教育的严谨与认真态度，以及在教育上的所为，影响了很多人。

斋藤秋男曾说，陶行知不仅仅只是属于中国，他同样也属于整个世界。斋藤秋男作为一个日本的知识分子，曾一度生活在战争的苦闷和彷徨之中，失去了对生活的期盼，不知道未来的路在哪里，只觉得内心一片迷茫。然而，在陶行知身上，他明白了人生的真谛，知道了自己应该要走的道路，他从内心发出对陶行知最真挚的赞美，陶行知是知识界的楷模。

诚然，在当时那样艰苦的环境下，能如此全身心的投入全民普及教育中并取的不俗的成绩，除却陶行知外，大概也没有第二个人吧。

陶行知也是一个坚定忠实的革命家。他确实也做到了，除了在教育事业上做出了卓绝的贡献外，他还积极的投身五四运动中去，大力的批判和痛斥那些想在巴黎和会上签字的卖国贼；他也曾奋不顾身投入抗日救亡运动中，甚至因此成为蒋介石暗杀的对象之一；他还是一个出色的外交家，曾用两年多时间出访近三十个国家和地区宣传抗日活动，行程达到了十万八千多公里；他同样也是书法家、音乐家、演说家以及文学家。

但陶行知最为引人注目的成就，还是他在教育理论和教育实践上做出的贡献。作为一个杰出的教育家,他潜心教育,躬耕写作,陶行知的作品合集堆起来竟有一米多高,毛泽东赞扬他是"伟大的人民教师",宋庆龄称赞他"万世师表",郭沫若认为"两千年前孔夫子,两千年后陶行知",这些夸赞,无一不充满了对陶行知的钦佩与激赏之情。

陶行知能够取得这样引人注目的成就,除了努力与勤奋,对孩子的喜爱、与他们的友谊,是他最大的精神支柱。

1913年,年仅二十二岁的陶行知从金陵大学毕业时,曾在毕业典礼上作为毕业生代表宣读了自己的毕业论文《共和精义》:

"人民贫,非教育莫与富之;人民愚,非教育莫与智之;党见,非教育不除;精忠,非教育不出。"

教育,乃立国之本,兴民之基,只有教化民众,才能让国家兴旺富强,抵抗外辱,树立于世界之林。当时的陶行知虽然才走出校园,年轻朝气,可心中的抱负与理想却远超出与一般的同龄人。

次年,陶行知赴美留学,在哥伦比亚大学攻读教育学。在他看来,改革除弊,非教育不可。在回国之时,他发出了豪言壮语:

"我要让全中国人都受到教育。"

此后,便就是他长达三十多年的教育生涯。

作为一个积极热心的教育学者,他一方面决心革除旧式的教育方式,推动新式教育的改革,在南京高师任教期间,他积极促成了该校的首届女学生的招生工作,是大学最早招收女学生的实践者。

陶行知编写了《平民千字课》,在社会推行全民教育活动,只要是他走过的地方,便会用他最大的努力将平民教育推广到底。

但同时,他也意识到了要彻底的实施和推行全民教育,提高国民的教育程度和素质,就必须要走到乡下去,那是教育界的一片盲区,不管是年幼老少,文化程度都非常之低,仿佛在知识界层面发生了断层,如果这一块不重视起来,那么那句"让全中国人都受到教育"就只能作为一句空话而存在。

陶行知是个教育家,也是一个实干家。他注意到了这个问题之后,马上就采取了行动。

1926年时,他提出了一项师范教育下乡的活动,立志要为乡村培养一批优秀的乡村教师,彻底教化和改造村民。

一年后,第一所乡村师范学校在晓庄成立,虽然学生仅仅只有十三人,但是后来却在社会上取得了良好的效果和声誉。后来,陶行知有创办了育才学校,将全民教育运动再次扩大,并吸引了一大批包括艾青和贺绿汀等知名诗人、作家来讲学。

在陶行知的教育理念中，"生活就是教育，社会就是学校，教学做要合一"。

因此，他在给立邦小朋友的信中写道："大凡服务社会，要'远处着眼，近处着手'。学生在学习服务社会的时候，就可以从自己的家里学起，做起。一面学，一面做，一面做，一面学。我们在家里服务的事也很多，把不识字的家庭化为识字的家庭，就是这许多事当中的一种。"

正是陶行知有着这样的胸襟与情怀，才让他专心投入到教育之中，才能使他既得到了社会各界人士的称赞，也受到了青少年和小朋友的喜爱。

吴立邦给陶行知的信中，还表达了希望陶行知能够回到家乡徽州来进行平民教育的想法。因为陶行知当时很忙，所以并没有立即答应吴立邦的提议，他在信中十分坦诚地说明了难处：

"承你的好意，叫我回徽州来帮助大家提倡平民教育。……来往要一个月，我是个很忙的人，怎么可以做到呢？……我想不久总要回来看看我的亲戚朋友，特别要看的是小朋友。不过小朋友们看见我怕要像下面两句诗所说的景况：'儿童相见不相识，笑问客从何处来。'"

信的最后，还十分巧妙地以贺知章的诗句和"立邦小朋友"开了个小玩笑。

第二章 有些人不需要姿态,也能成就一场惊鸿

试想,一个教育学者的专家,能如此放低自己的身份和架子,以平辈的身份和少年朋友接触,甚至分享和探讨学习上的事情,这种伟大的人格魅力,又如何能不吸引小孩和他做朋友呢?

吴立邦能够给陶行知写信,毫无隐瞒地表达了自己在教育实践过程中遇到的困扰以及提出让陶行知回家乡推行平民教育的请求,推其原因,除去陶行知本身在平民教育上的知名外,最大的原因就是陶行知的人格魅力,是他虽为知名人物但却没有任何架子,愿意去真心的和小朋友交朋友。

面对着一个才十三岁的孩子,陶行知的信中并没有单调枯燥的说教和大道理,反而下笔生动,平易近人。在那个特殊时期,人人都在说爱国,可是怎样才是爱国呢?陶行知告诉吴立邦,"小孩们用心读书,用力体操,学做好人,就是爱国。"

没有长篇大论,有的只是悉心地教导,从自身做起,做好自己的本分,"从远处着眼,从近处着手",便就是爱国,甚而达到孟子所说的"修身、齐家、治国、平天下。"

如此形象下来,即使还是一个十三岁的孩子,却也知道了怎样才是爱国,怎样才能服务社会。

几十年的教育生涯,陶行知也不是没有遇到过表现不好的孩子。只是,与常人不同的是,他从来没觉得这些孩子是坏孩子。在陶行知心里,每个小孩子都像天使一样,即使有一些孩子一时

做错了事，那也是一时顽皮所致。

陶行知始终以一颗最温暖而宽容的心来包容所有的孩子，他把一生的爱与心血都倾注在了这些孩子身上。

关于陶行知与他的小朋友，有一个"四颗糖"的故事流传甚广。

有一次，陶行知发现有一名男同学打另一位同学，陶行知很吃惊，他立即制止了这位同学，并且跟他说，让他放学后记得到自己的办公室一趟。

这名同学很害怕，知道老师一定会惩罚自己，于是放学的铃声一响，他就跑去办公室领罚，生怕去晚了会使老师更加生气。

陶行知见到这名同学后，微笑的送给他一颗糖，说这颗糖是奖励他按时来办公室的。这名学生感到十分惊讶，这个时候，陶行知又送给了他一颗糖，并对他说，这第二颗糖是该生对老师的尊重，因为陶行知去制止这名学生打人时，他当即就停止了。

紧接着，陶行知又拿出第三颗糖来给这名同学，对他说，你用泥块打人的原因我都知道了，因为你在保护女同学，被打的孩子欺负了女同学。

这时，这名学生被感动了。他流着泪对陶行知说，老师，都是我不好。你罚我吧，我不该打自己的同学啊。

这时陶行知脸上的笑容更加真切了，他把最后一颗糖给了这

第二章　有些人不需要姿态，也能成就一场惊鸿

个学生，对她说，你能够承认错误，这颗糖是奖励给你的，我们的谈话结束了。

这就是关于陶行知的一个广为流传的"四颗糖"的故事。在这个故事中，陶行知并没有对犯错的学生说过一句重话，却通过四颗糖来让这个学生一步步认识到自己的错误，想必，对于这个学生来说，陶行知的教育会伴随他终身吧。

陶行知如此教育学生，固然是因为他深得教育之法，但换个角度来说，又何尝不是因为他对于小学生们发自肺腑的爱呢？

对学生深切的爱，也是陶行知喜欢和小朋友通信的原因，每次收到小朋友的信，他自己都兴奋得像个孩子。

陶行知还写了一些适合小学生读诵的通俗易懂的诗，他经常把这些诗歌附在给小朋友的信中，使他们在读诗的过程中不知不觉地接受教育，从而使他们的思想在潜移默化中发生改变。

下面两首诗就是陶行知附在小朋友的信中的：

中国人

我是中国人，我爱中华国。中国现在不得了，将来一定了不得！

自勉并勉同志

人生天地间，各自有禀赋。蹉跎悔歧路，为一大

> 事来，做一大事去。多少白发翁，寄语少年人，莫将少年误。

第一首诗用通俗的语言写对祖国的热爱以及对祖国将来必定强大的信心。孩子们诵读着这首诗时，也会在心里默默种下爱国的种子，这颗种子会随着岁月流逝生根发芽，等它结果的那一刻，也就是这些昔日的孩子用全身所学来报效祖国的那一刻。

第二首诗则是勉励小朋友们抓紧大好时光，努力学习。人生下来，或许有的聪明些，有的普通些，但不管是普通还是聪明，蹉跎时光，古往今来，有太多老人，流着悔恨的泪水，劝说青少年要爱惜时光。

而第二首诗歌中"为一大事来，做一大事去"这句话看似通俗易懂，其实又蕴含了多少深刻的道理，尤其是在当下社会，生活节奏越来越快，人心也越来越浮躁，肯将一生"为一大事来，做一大事去"的又有几人？

毫无疑问的是，陶行知做到了这一点。他将毕生的时间倾注到中国教育的建设中，并取得了一系列辉煌的成就，他的名字，将会永远的闪耀在中国教育史上。

关于陶行知写的这些通俗易懂的诗歌，另有一个有趣的故事。陶行知曾经担任过育才学校的校长。在任时，有一次为了教

育两个骂人的孩子,他专门写了一首叫作《骂人》的诗:

> 你骂我
>
> 我骂你
>
> 骂来骂去
>
> 只是借人的嘴巴骂自己。

陶行知这首诗歌刚写完,就有另外一个学生突然和了一首《打人》诗:

> 你打我
>
> 我打你
>
> 打来打去
>
> 只是借人的手打自己。

当时,这个故事在师生中广泛流传,也算是学生与老师之间十分生动有趣地诗教和互动了吧。

有些人,原本是高高在上的一颗星辰,却愿意俯身下来,化成一颗细小的尘埃,聆听着这个尘世的各种声音,送去自己的温暖。

高山流水遇知音

  陶行知醉心教育，喜爱孩子，在他的世界里，永远都绽放着孩子纯净明亮的笑脸和清脆悦耳的笑声，他就像是一座巨大的灯塔，投射在孩子们成长的路上，让他们徜徉在知识的海洋，成功到达学问国度的彼岸。

俞平伯与丰子恺：
落花皆有人间味

友谊是一件很奇妙的事情。无关名利，无关地位，无关男女，无关年龄，甚至，也不需要见面。只要彼此心灵相通，能够一眼明白对方字里行间的韵味，明白彼此那份超然情怀，这份情感，便是人间最妙的体验。

丰子恺和俞平伯二人之间的友谊，便是如此。

丰子恺是我国非常著名的漫画家，可以说，中国的"漫画"一道是因他而起，他是中国漫画界的鼻祖。

在他的小画《人散后，一钩新月天如水》发表刊登后，郑振铎便将他的这种小画称之为"漫画"，这也是"漫画"二字的最初来源。

1925年时，俞平伯和朱自清两人一起合办了一家名为《我们的七月》的不定期文艺刊物。当时，在其中的一期上他们刊登了丰子恺的一幅画《人散后，一钩新月天如水》

这幅画，画风极其简洁，画面上，一轮新月如银钩般悬挂在天上，茶几上摆放着还未收好的茶具，整个意境韵味悠长，体现的是一种"人走茶凉"的寂寥凄清之感。后来这种画被郑振铎称之为"漫画"。

同年11月，在郑振铎的策划下，丰子恺的漫画集《子恺漫画》即将出版。对于这部漫画集的出版，丰子恺本人也非常重视，他专门给自己非常信任和要好的朋友俞平伯写了一封信，希望俞平伯能为这部漫画集写一篇跋文。

俞平伯欣然接受了好友的这个请求。但在写的时候，非常谦虚，开篇就这样写：

听说您的漫画要结集起来和世人相见，这是可欢喜的事。嘱我作序，惭愧我是门外汉，真是无从说起。

其实这种谦虚态度，何尝不是大家风范。越有才华的人往往越谦虚，古今中外，都不少这样的例子。像初唐四杰中的王勃，他是一位才华横溢的才子，但是在他那篇流传千古的《滕王阁序》中，他将当时在场的人几乎都夸赞了一遍，却自称"童子"。

值得注意的是，此时的丰子恺与俞平伯虽有好友之名，但其实两人并没有见过面，只是在信件或者别人的信件中对彼此有所了解。

但仅仅如此，就可以使两人倾心相交。真正的友谊，不在于

第二章 有些人不需要姿态，也能成就一场惊鸿

相识岁月的长短，不在于见面次数的多少，而是仅仅通过只言片语，便能够透过表面直接了解人的内心，从而确定这个人就是自己一生的挚友。

人们常常说爱情妙不可言，其实友谊又何尝不是呢？正如信中的俞平伯这样对丰子恺说：

> "我不曾见过您，但可以说是认识您的，我早已有缘拜识您那微妙的心灵了。子恺君，您的轮廓于我是朦胧的，而您的心影我是厮熟的。从您的画稿中，曾清清切切反映出您自己的影儿，我如何不见呢？"

这样的友谊十分玄妙，对彼此的面貌是朦胧甚至陌生的，但对彼此的心灵、思想却都是厮熟的。一方面是由于为数不多的了解，另一方面是因为读懂了对方的画作或者文章。而后者则是最为主要的原因。

我国古代所谓的与古人"神交"想必也是如此吧。在古人留下的著作中，品味到了古人想要表达的情绪，从而了解并倾慕着古人高尚的情操与远大的情怀。

现代的丰子恺与俞平伯亦如是。

那时候，俞平伯和丰子恺生活的年代，烽烟四起，戎马仓

皇，能够寻得一处安稳栖身之地便已是幸事，心便也就只能任其在半空中晃悠悠的飘零了。

丰子恺的漫画，简约中古意盎然，清雅中韵味悠长，仿佛只需看上一眼，便就能让孤独彷徨的心宁静下来。这大概也就是俞平伯在信笺中所说的那样：

"在我，确喜欢这个。它们更能使我邈然意远，悠然神往。"

只是短短一句话，却点出了丰子恺漫画的精髓。丰子恺的漫画，寥寥几笔就能勾勒出生动有趣的人物形象，而最重要的是，透过这些人物形象，能够传递一种淡雅幽远的意境，这种意境，能够使得身处乱世的人们感到一点心安和向往。

俞平伯又在信中说："看！只是疏朗朗的几笔，然物类神态毕人彀中了。这决非我一人的私见，您尽可以信得过。"

这句话则是对丰子恺画作的描写。丰子恺的画作十分简洁，只有简单的几笔，但却能将人物、景物的神态和形象十分生动地展现出来。这并不是过高的赞誉，郑振铎和朱自清等人都用类似的语言来评价过丰子恺的画作。

丰子恺的小画《人散后，一钩新月天如水》取材于宋朝词人

第二章　有些人不需要姿态，也能成就一场惊鸿

谢逸在《千秋岁·夏景》中写的几句：

"密意无人寄，幽恨凭谁洗。修竹畔，疏帘里，歌余尘拂扇，舞罢风掀袂。人散后，一钩新月天如水。"

而在当时，郑振铎、朱自清、朱光潜以及叶圣陶等人都在杭州，经常几个人聚在一起，于一楼阁之上喝茶闲聊，直至月升中空，露深夜重，方才施施然离开，只余已凉的茶盅依旧摆放在桌上，显示着不久前的友人相聚的热闹。

故而当郑振铎初见此话时，便立时内心觉得无比欢喜，他说：

"虽然是疏朗的几笔磨痕，画着一道卷上的芦帘，一个放在廊边的小桌，桌上是一把壶，几个杯，天上是一钩新月，我的情思却被他带到一个仙境，我的心上感到一种说不出的美感。"

朱自清也曾说道：

"我们都爱你的漫画有诗意，一幅幅的漫画，就如一首首的小诗"。

而众多评价中，最为得当的评价，还是俞平伯的评价。他在信笺中说：

"所谓'漫画'，其妙正在随意挥洒，譬如青天行白云，卷舒自如，不求工巧，而工巧自在。"

在信的最后，俞平伯还说了这样一句话：
"一片的落花都有人间味，那便是我看了《子恺漫画》所感。——'看'画是煞风景的，当曰'读'画。您的画本就是您的诗。"
"一片的落花都有人间味"，这是多么美妙的一个比喻啊！这既是俞平伯看到丰子恺的漫画时的感受，也是丰子恺要在漫画中表现的境界。
于友人而言，最大的幸福是什么？我想，莫过于是对方能够用一句简单的话说出你内心的所思所想。古人说过"万两黄金容易得，知音一个也难求"，又说"酒逢知己饮，诗向会人吟"。
在《红楼梦》中，贾宝玉曾对林黛玉说过"你放心"，还说,林黛玉的病,皆是不放心的缘故,但凡能稍微宽心,病也不似这样一日重似一日了。

当时,林黛玉品味这几句话,竟似从心窝子掏出来似的那般恳切,一时间竟不知道可以回答什么。

这大概就是知己的力量吧。就像伯牙摔琴谢子期,羊角哀一死酬知己。人生得一如此知己,夫复何求呢?

丰子恺还有一部分漫画是"古诗新画",即将古代诗歌用漫画画出来,这一类漫画很是别致精巧,往往只是简单的寥寥数笔,便勾勒出了一种风情和意境,显得古雅宁静悠长,宛若任岁月风沙肆虐,我自悠然的模样,是一种心灵上的超脱与幽静。

丰子恺本人是学西洋画出身的,但由于他精通中国古典文学,尤其是诗词,所以常常用西洋画的绘画方法来表现中国古典诗歌中的意境,这样便形成了他独特的风格。这一点,俞平伯在给《子恺漫画》的序中也有提及:

"中国的画与诗通,在西洋似不尽然。自元以来,重士大夫画,其蔽不浅,无可讳言。惟从另一方面看,元明的画确在宋院画以外别开生面。其特长便是融诗入画。画中有诗是否画的正轨,我不得知;在我,确喜欢这个。它们更能使我邈然意远,悠然神往。"

俞平伯很了解丰子恺的画作,既能够读懂他的画作所要表达的内涵与思想,也了解丰子恺画作的渊源与背景。不过从这段话中,我们可以看出,俞平伯虽是作家出身,但对于绘画,也是比较了解的。

我们知道,中国传统山水画或者人物画,大都是泼墨挥洒,用大片的笔墨来勾勒出雄伟奔放的山川河流,用精细的笔法来描摹人物的物象形态,但丰子恺的画作显然不是这样。

像他有一幅作品叫作《红了樱桃 绿了芭蕉》,单看这幅漫画的题目,就充满着浓浓的诗意感,这个题目的创意来自宋末词人蒋捷的一首词《一剪梅·舟过吴江》:

> 一片春愁待酒浇,江上舟摇,楼上帘招,秋娘渡与泰娘桥。风又飘飘,雨又萧萧。
>
> 何日归家洗客袍?银字笙调,心字香烧。流光容易把人抛,红了樱桃,绿了芭蕉。

而丰子恺的这幅画作,则画得非常简单。只是用浅浅的几笔勾勒出了如下景象:一扇江南式的门窗,窗外伸展的几片残破的芭蕉叶,桌子上则摆放着一盘樱桃,旁边还放着一支烟,一只蜻蜓十分悠闲的从窗外飞进屋子。

这是生活中多么普通的景象,甚至当我们置身漫画中的画面时，也会觉得太过普通而毫无所觉。

而且，这部作品的名字虽然叫作《红了芭蕉 绿了樱桃》，但整幅作品确是简单的黑白颜色组成，并没有表现芭蕉的"绿"和樱桃的"红"，但如果你仔细去观看这幅画，窗外的芭蕉叶，大部分是残破的，但还有少数几篇还在生长，他们宽大的枝叶肆意伸展，而桌上简单的几颗樱桃也十分生动，旁边放着的烟吐着丝丝烟雾，仿佛在证明着主人还没有走远。

简言之，丰子恺描绘的，其实是最普通不过的日常生活，很有可能就是自己的生活写照。生活虽然普通，但每一天都是新的，似乎在重复，但今天和昨天总是不同的。丰子恺用心去观察生活，他笔下的也是自然生活，他把他的生活融进了画作里，使得他的画作亲切、生活化，同时也使得他的生活有趣、诗化。

这幅画面还给人的一种感觉，就是"静"这种静是夏日的安静。画中的门窗是江南门窗的样式，门窗是半遮的，它遮住了夏日更为安静美好的风景，却能够给人无限的联想和遐思。这种"犹抱琵琶半遮面"的情怀，又何尝不是江南水乡留给我们的感觉？丰子恺是浙江人，想必，这幅画中，也是隐含了他对故乡的深情与怀念吧。

1925年，俞平伯出版了一本诗集，名叫《忆》。这是一本儿童诗集，很薄，但俞平伯先生很重视，这从他对《忆》的装订和排版的精心构思上就可以看出来。《忆》创作完成后，俞平伯认为，这部诗集既然是给儿童看的，那就需要配上一些漫画才能使儿童看得更加津津有味。

冒出了这个想法之后，俞平伯第一个想到的人就是丰子恺，于是他邀请丰子恺，希望他能为自己的漫画画插画，丰子恺欣然答应。根据俞平伯的诗歌创作，画了18幅和俞平伯创作相符的插画。在《忆》出版后，这些插画受到了广泛的好评。这一方面得益于丰子恺的绘画天分，但更大的原因，是丰子恺能够读懂俞平伯的诗歌内在的内容，明白俞平伯真正想要表达的是什么，因此才能创作出完全符合俞平伯先生诗集想要表达的内容的画作。

文人相交，贵在知心。其实俞平伯和丰子恺两人一生中真正见面交谈的次数也不是太多，因为两人毕竟不在一处工作，也很少特意约好见面，平时虽然一直有往来，但往来也并不是特别频繁，都是淡淡的。

每当他们阅读或观赏对方新作时，总能立即明白对方想表达的是什么。而自己需要帮助时，也往往能最先想到对方，不会觉得难以开口，被求助的那一方，也会立刻尽自己最大的努力来帮助对方。

古人说，君子之交淡如水，小人之交甘若醴。俞平伯与丰子恺，就是真真正正的"君子之交"吧。

第二章 有些人不需要姿态,也能成就一场惊鸿

前面说过,丰子恺可谓是中国漫画的先驱者与创始人,"漫画"一词也是由他的作品而来的,而"漫画"被人们熟知和接受,也是他的作品《子恺漫画》的功劳,但丰子恺本人其实是不肯接受这种赞誉的。

这并不影响丰子恺对于中国漫画的贡献。除了创作饱含他自己独特风格的漫画外,丰子恺还创作了很多研究漫画的论著,这也算是对中国漫画史理论空白的一个弥补。

除了创作漫画外,丰子恺也是一个非常著名的书法家。虽然我们提到丰子恺时,首先想到的是他的漫画创作,但其实,丰子恺本人对书法的推崇是高于漫画的,这也从一个侧面看出,丰子恺先生对中国文化的熟悉和推崇。

丰子恺曾说过:

> "书法是最高的艺术……艺术的主要原则之一,是用感觉领受。感觉中最纯正的无过于眼与耳。诉于眼的艺术中,最纯正的无过于书法,诉于耳的艺术中,最纯正的无过于音乐。故书法与音乐,在一切艺术中占有最高的地位。"

丰子恺书法的特点是,他能够将自己的思想与气度融入自己

的书法创作中去，使人们见字如见人。丰子恺对艺术的认识和他的书法创作，俞平伯都给予了极高的赞赏。

但丰子恺的书法创作和漫画创作并不是截然分开的。他平时在创作时，常常是练习一段时间的书法，如果觉得写的不合己意，就把书法丢开去创作漫画，每当这时候，他的漫画水平就会有所提升，从某种程度上来说，这也算是一种互补吧。

在中国，书画本就不分家，古代很多著名画家的作品中，都会有题字，这些题字也都是很好的书法作品，而且这些题字也可以说是文章的点睛之笔。我国唐代大诗人王维就非常擅长绘画，苏轼说王维的作品是"诗中有画，画中有诗"。

王维的作品能得到后世极高的赞誉，诗画结合想必是最主要的因素。丰子恺的作品也是，如果没有了题字、题诗，丰子恺的作品，无论从韵味还是结构上，都会稍逊一筹了，也就不会有如今天这么大的名气了。

另外，丰子恺漫画中还有浓浓的人间味道。正如俞平伯在信中所说的"一片的落花都有人间味"这无疑道出了丰子恺漫画的真谛。

其实，除了能够欣赏丰子恺的画作外，对于丰子恺的日常时候，俞平伯也是非常了解的。想必，这也是俞平伯能够明白丰子恺的创作思想的一个原因吧。

第二章 有些人不需要姿态,也能成就一场惊鸿

浓浓的人间味道,既是丰子恺漫画的特色,也是丰子恺书法的特色。丰子恺是一个非常热爱生活的人,他的大多数作品,都是在描写自己的生活或者生活中所见到的众生百态,这些作品来源于生活却又高于生活,因为他们体现了一种悠然、幽远的境界,这得益于丰子恺先生娴熟的绘画技巧和对文化文学的熟练掌握,更得益于他心中对于生活的热爱与赞颂。也正是因为如此,使丰子恺的作品在超然脱俗的意境中又具有浓浓的人间味道。

其实很多人只知道丰子恺是个漫画家,对他的思想和生平知道的都不多。丰子恺是个笃信佛教的人,后来也成了一名佛教居士。

丰子恺一生的思想受他父亲影响非常大。

丰子恺的父亲丰斛泉是一位具有菩萨心肠的人,待人慈祥可亲,丰斛泉因为种种原因并没有完整参加完科举考试,故而仕途无望,心灰意冷的他回乡开班私塾,将多半心血花在对下一代的教育上。

丰子恺继承了父亲的善良,也有一副菩萨心肠。而他对生活的热爱以及歌颂,作为他思想中最主要的内容,也自然融进了他的书法创作中去。丰子恺的书法,并不一味地追求大气磅礴,也不故意显示抒发的凌厉走势,而是把最真实的情感融入书法创作中,使得他的书法十分天真自然,充满了人间情趣。

从这一方面来说，俞平伯先生只用了几个字就点出了丰子恺画作最主要的特点，可谓是丰子恺平生的一大知己。

不刻意求之，反而浑然天成，这大概就是丰子恺先生自我心境的超脱体现了。只因细心敏锐地捕捉到寻常生活中趣事、乐事乃至悲伤事，并潜心入画，把他们都在简单勾勒的图画中表现出来，将自己的赤子之心融入画中，成了自我思想表达的一部分，故而才显得至真至纯。

俞平伯的创作其实也是如此，尤其是俞平伯的散文创作。我们说，俞平伯和丰子恺的友谊最可贵的地方就是，两人都能读懂彼此的作品，明白彼此内心深处真正想要表达的是什么。

其实，这在很大程度上，都是因为他们原本就是相似的人。虽然他们一个是画家，一个是作家，但都同样是拥有着赤子之心，都是善于捕捉自己最敏感、细腻的情绪的人，都是以最大的热爱投入生活的人。

所以，他们注定彼此了解，彼此相交。名士交往，大抵便是如此，情之一字，发乎心灵。

刘呐鸥与戴望舒：
生活，只是一个华尔兹的梦

生活，只是一个华尔兹的梦。

友谊可以分为很多种：官场上的友谊、同学间的友谊、文人间的友谊、市民间的友谊……而其中，最纯粹真挚、接近灵魂交流的，就是文人间的友谊了。

文人间的友谊，如山间小溪，涓涓流动，清澈见底。而比文人间的友谊更加牢靠坚固的，就是既是同学间又是文人间产生的友谊了。

刘呐鸥与戴望舒便是这种友谊。一个是著名的诗人，一个是中国海派的重要代表人物，刘呐鸥和戴望舒的相遇与相识，可以说是一场文学上的幸事。

1926年3月，在日本已经生活了六年的刘呐鸥正式从东京的青山学院文科毕业，毕业后的刘呐鸥陷入了对此后人生该何去何从的深深的迷茫之中。

在刘呐鸥心中，是希望能够继续学习深造的，因为他深知，以他当时的学问层次，距离他心中的梦想实在太远。远的就像远处的灯塔，而他，找不到可以靠近的小船。

为什么呢？因为在当时的台湾本土根本没有适合于拥有高中学历的学生继续学习的发展途径。思前想后，为了能够深入学习，从而获得更大的发展，1926年3月，刘呐鸥决定离开日本去往上海。

1926年4月，刘呐鸥进入了上海震旦大学的法文班插班学习。1926年秋，戴望舒为了一年后赴法留学做准备，进入了震旦大学的法语特别班学习，刚好和刘呐鸥同级，从而相识。而施蛰存则比两人低一级，但因戴望舒和施蛰存是好友，刘呐鸥也就认识了施蛰存。

因兴趣相投，志同道合，三人经常在相聚在刘呐鸥的住所谈论文艺。共同的兴趣爱好加上本就是同学间的深刻情谊让三人成为无话不谈、亲密无间的真挚好友。

这时候，虽然刘呐鸥与戴望舒因为同学的关系，可以时常在学校见面，也经常在课下单独见面讨论文艺，但他们也通过很多封信。在这些信里，除了探讨文艺之外，也写了一些生活小细节：

"望舒，我下一次慢慢跟你说罢，因为我现在

第二章 有些人不需要姿态，也能成就一场惊鸿

> 要去志诚堂看一看有没有好的书，四点半还要上课哪！"
>
> "附笔，我希望你们去卡尔登走一趟，那片是昨天起映三天，你们礼拜六下午有课吗？"

信中的这寥寥几笔，写的都是日常生活中朋友交往的琐碎小事，由此也可看出他们亲密无间的友谊。

刘呐鸥其实只是他的笔名，他本来的名字叫刘灿波，这也是为什么在给戴望舒的信中，他的落款都是灿波。

刘呐鸥和戴望舒对文学同样抱有着极大的兴趣，在文艺上也常常是有着各种启发性的探讨。他们对文学都有很深刻的见解，当自己的看法不同于对方时，便倾心聆听对方的看法，取长补短，当二人的观点不谋而合时，便会心一笑。

不同于戴望舒对诗歌方面的钟爱，刘呐鸥更多的是偏爱文学和电影，如果说文学是属于刘呐鸥血液里流淌的东西，那么电影便是他日常生活的一部分。

刘呐鸥不仅自己喜欢看电影，也喜欢邀人一起看。他几乎只要有时间就会去影院，他成家后，儿女一放学就会坐在台阶上等着跟他一块去电影院。而他与朋友间的交往，不是谈论文学，就是聊电影。

1926年，刘呐鸥刚刚来到上海时举目无亲，内心充满了苦闷与彷徨，好在后来有戴望舒、施蛰存等好友可以随时见面交流文学，可是每当见面结束后，刘呐鸥一个人面对孤寂冷清的房子，就会比之前更觉得愁绪满怀。如他在给戴望舒的信中开篇写的那样，这也是他作为一个文人细腻的敏感和对情绪的捕捉：

"昨天晚上你们走了之后，我一个人无聊得很。听着窗外的微雨，好像深埋在心底里的寂寞一齐流涌出来似的，再也忍不住，我只得戴上了帽子，冒着小雨，径往卡尔登戏院那边去了。"

凄风苦雨敲窗闷，一腔心事付谁知？也许，这个时候能给他带来稍许慰藉的大约只有热闹中的电影院了吧。

后来施蛰存回忆相处的情景时说，他们这些朋友在刘呐鸥家中做客时，一般上午的时候，大家都是在屋内静静地看书、聊天、写文章以及翻译书稿。中午短暂地睡一觉，到了下午三点左右时，一行人便去户外游泳。晚上晚餐过后，必定总是要先看一场电影，然后再去跳舞玩到半夜再回家。

而出于对电影的极度热爱，刘呐鸥一度投身电影界，先后做过编剧、影评人。

第二章 有些人不需要姿态，也能成就一场惊鸿

1932年时出资创办了"亿联影业公司"，同时还出任电影杂志社主编。1933年3月刘呐鸥和黄嘉谟一起创办《现代电影》杂志，并且自己担任导演拍摄了《永远的微笑》和《初恋》等言情片。

由此观之，在电影上，刘呐鸥有着自己深刻的体会和见解的，他还梦想能在电影行业做出一番成就，这也足以证明，他对电影的痴迷，并不仅仅是简单的热血与冲动。在他写给戴望舒的信中，就谈到很多与电影有关的问题：

"这一片是从Strauss中改作的，内容却不大复杂，就是说一个北方旧式的郡主来到维也纳——艺术，爱，音乐，华尔兹的都城——游玩，她的父王室要把她嫁给一位大公的，可是只为了一个吻，她终于嫁了一个中尉。这个武官……他恋上了一个女乐队的指挥，后来那郡主因为要买她的丈夫的喜悦，叫了这个女指挥教她华尔兹。……后来这个女指挥晓得她的恋人是郡主的丈夫的时候，她终于牺牲了自己的爱；使他们夫妻圆满，她的最后一句话是：'这只是一个华尔兹的梦！'……我要faire des Romance，我要做梦，可是不能了。电车太噪闹了，本来是苍青色的天空，被工厂的炭烟布得黑濛濛了，云雀的声音也听不见了。缪塞们，拿着断弦的琴，不知道飞到哪儿去了。那么现代的生活里没有美的吗？那里，又的，不过形式换了罢，我们没有Romance，没有

古城里吹着号角的声音，可是我们却有thrill，carnal intoxication，这就是我说的近代主义，至于thrill和carnal intoxication，就是战栗和肉的沉醉。"

对于电影，他娓娓而谈，信手拈来，从德国的电影与文艺谈到了美国的电影文艺，时空跨度随意转换，即使是做比喻，也是诙谐生动，让人不由觉得会心一笑。这可见刘呐鸥对电影是多么热爱以及对电影领域的了解是多么深刻。想来戴望舒看到这封信时，也会为好友的这番精辟的电影评论与见解而欢喜高兴吧。

但在这段看似充满电影评论的信中，却无时无刻不弥漫着一股淡淡的忧伤和哀愁以及他内心当中的一种无法发泄的苦闷。其实，这才是刘呐鸥给戴望舒写这封信的真正原因。

自古以来，文字都是作者心灵的外衣，一个人的心绪与感受总能体现在他笔下的文字中。刘呐鸥也是如此。但却不是每个人都能透过文字读懂写作者的内心，对于刘呐鸥来说，或许也只有身为好友的戴望舒才能理解他在写下这封信时的无助和飘零之感，也只有戴望舒能够透过文字看到他的内心是处于一种怎样的悲伤与苦闷的状态之下。这种了解，也可以让刘呐鸥的心里感到稍许安慰。好友即使不在身边，可友情的温度依旧能给在寒风肆掠中摇摇欲坠的心一点温暖。

在信中，刘呐鸥发出了心底的声音："我要faire des

Romance，我要做梦，可是不能了。""战栗和肉的沉醉"在灯红酒绿、纸醉金迷的上海，尽管每天出入十里洋场，进入各式各样的舞厅与影院，尽情地享受着作为一个都市人的生活。可是，心中的某处却似乎总是没有着落，显得空且冷寂，似乎隔绝了一切。

嘈杂的电车声充斥着双耳，黑蒙蒙的炭烟遮住了双眼，就连大自然仅有的一点声音都在都市化大进程中被轰隆隆的嘈杂淹没了，剩下来的只有感官神经上的兴奋和身体上的战栗与沉醉。

刘呐鸥本身是一个非常敏感的人，这也是为什么他能在现代主义小说方面取得巨大成就的原因。他很能捕捉常人无法捕捉到的感受与情绪，能够从寻常的事件中发现它的不寻常之处。

刘呐鸥刚到上海时，内心是苦闷而寂寞的。即使戴望舒和施蛰存的友谊使他在情感上感受到一定的慰藉，但仍不能使他摆脱孤独苦闷的情绪。

与其说这是环境所致，不如说是性格使然。就像宋代的秦观与苏轼，他们的为官生涯中都遭遇了贬谪，但苏轼在艰苦的环境中感悟人生，在岭南这样荒僻的地方，仍高喊着"日啖荔枝三百颗，不辞长作岭南人"，苏轼在贬谪中获得了独特的乐趣，领悟到了人生的真谛，乐观地面对境遇。

秦观则不同，他与苏轼同遭贬谪，但这样的遭遇却引起了他心中"飞红万点愁如海"的愁绪,他悲吟着"困倚危楼,过尽飞鸿字字愁"一生郁郁寡欢,终致早逝。

从某种程度上来说,刘呐鸥就是"秦观式"的人,本身性格忧郁,即使一生顺境,敏感如此,也不能完全抛掉伤感、苦闷的情绪,何况处于当时的社会大环境下,对于个人前途、国家前途都感到迷茫、不知所往,这更加重了他的苦闷情绪。

然而,也正是由于这种情绪,使刘呐鸥对当时的上海环境有更深刻的感触。这种感触表现在他写给友人的信件中,也表现在他的小说创作中。他的信和小说都再现了当时大上海快速无序的生活节奏、都市男女的生活以及他们狂热的欲望。

上海,这座繁华的大都市,它充斥着堕落、空虚、放纵以及苦闷、压抑,等等,身处其中的刘呐鸥不免被这些因素影响,甚至沉迷于这样的环境。

也正是因为如此,他才会在给施蛰存的信中表现出那样强烈的苦闷,而又在自己的小说创作中,那么真切地表现在金钱和欲望的支配下,人们的畸形生活以及都市的畸形形态:人伦尽失、物欲横流。

像他创作的小说《游戏》就几乎颠覆了我们的生活经验以及传统文化所提倡的伦理道德。在这部小说中,刘呐鸥描写了一位都市女性,她一开始就把人们看的无比神圣的爱情当作游戏,当

第二章　有些人不需要姿态，也能成就一场惊鸿

作她排遣无聊生活的工具，生活中，她徘徊在两个男性中，同时与他们交往。当她要嫁给其中一位男性的时候，却把自己的贞操给了另一位男性。

这表现的既是一种新的爱情观念，也是一种道德的沦落。刘呐鸥凭借着他与生俱来的敏感情绪和对上海细腻的观察，对这种现象给予了最真实又最彻底的揭露与展示。

从某种程度上来说，在敏感细腻的心绪和畸形的都市生活的影响下，刘呐鸥的心理也是有些病态的。他的很多想法和文字都是不能被人理解的，甚至屡遭嘲笑，这更增加了他的苦闷。而唯一让刘呐鸥感到些许安慰的，就是施蛰存的友谊了。

在中国台湾、上海洋场与日本文化的混合下，刘呐鸥始终不能给自己找到一个完整的心灵归宿，他曾在1927年7月份的一篇日记中写道：

"台湾是不愿去的，但是想着家里林园，却也不愿这样说，啊！近南的山水，南国的果园，东瀛的长袖，哪个是我的亲呢哪？"

尽管后来他决定留在上海，并在这里展开自己的文学创作活动。但在这之前，他心中的漂泊之感一直无法挥去，就如一片阴

云始终紧紧地萦绕在他的心头。

而与戴望舒的结识，在一定程度上缓解了他心中的这种焦虑和不安，同时正是这批志同道合的朋友们的存在，才让他最后下定决心留在了自己熟悉的上海。

1932年10月，在戴望舒去法国留学的途中，刘呐鸥写了这样一篇小说《赤道下——给已在赴法途中的诗人戴望舒》。

这篇文章不长，写了一对在都市生活的男女，去了一座土著小岛上度假，在度假的时候，男人襄发现自己对珍的热爱比以往多了数倍，他觉得他们的这次度假，仿佛是他们的第二次蜜月。而珍一开始对岛上的落后以及土著居民的生活习惯感到厌恶，最后却在他们的影响下，性情逐渐改观。

慢慢地，珍晒黑的皮肤使她和一个土著居民的区别越来越小，而她本人也习惯了当地居民的生活方式，襄和珍，以及仆人兄妹非珞与莱茄都在慢慢地发生改变。

最后，襄发现珍躺在仆人非珞的怀里，他感觉受到了极大的伤害，当自己醒来时，却也躺在了莱茄的腿上。

小说的结尾这样写道："半个钟头以后，海鸥歌送的是甲板上一对专待文化方式给他们解决一切的，相爱着的丈夫、妻子。"

其实，这篇小说想要表现的，就是现代都市男女，他们在摆脱了都市文明的束缚下的最原始的欲望。

这也是刘呐鸥《都是风景线》小说集中的唯一一篇并没有写都市生活的小说。

这虽然是一篇小说，但是小说的名字却明确说明了这是写给赴法途中的施蛰存。可见，在刘呐鸥心里，他那些不为人理解的思想与苦闷，只能够以信件或小说的形式告知好友施蛰存。

这篇小说中，作者构造的土著小岛南洋也是他自己的想象，事实上，刘呐鸥本人是并没有到过南洋的。他想象中的南洋世界，也是一个充满情欲的世界。

在刘呐鸥看来，也许生活就"只是一个华尔兹的梦"，他想要做梦，想把自己沉溺在战栗和肉的沉醉中不愿醒来。他笔下的文章表现的亦是这样一种心情。

但这种"不愿醒来"只是一种对现实无可奈何的逃避，刘呐鸥在被捆绑在现实的大网中，无论他怎样挣扎，都逃脱不出去，这让他有一种窒息的无力感。他不知道该怎样逃脱掉这种感觉，只能在都市灯红酒绿的生活中将自己麻醉，仿佛这样，心中的苦闷与无力感就会减少。可是，他虽然能够欺骗自己，但当他面对知心好友时，他却做不到仍以谎话来搪塞他，只能借对电影的评价或小说的创作吐露出自己的心声。

也只有在如戴望舒这样的朋友面前，刘呐鸥才能坦荡的承认自己一方面厌恶都市的物欲横流、纸醉金迷，一方面他又深深地迷醉在这种生活中。

这种二重人格的分裂与并存，在外人看来，是无法理解和接受的，甚至会感到排斥和轻视，但是身为刘呐鸥好友的戴望舒却能给予他包容和理解，让他能尽情地倾吐自己的情绪与想法，发泄着内心的苦闷与孤寂。

刘呐鸥是幸运的，因为他有戴望舒这样的朋友，在戴望舒面前，他可以不必再压抑自己，他可以将自己的心境赤裸裸地展示给对方看，因为他懂。

能于茫茫人海中得一倾听自己心声的知己，足矣。

第三章

你赐我一段浮华,
我许你满世繁花

周作人与俞平伯：
苦雨终风也解晴

古人有"梅妻鹤子"的说法，说的便是宋代那个写出"疏影横斜水清浅，暗香浮动月黄昏"诗句的诗人林逋。林逋孤身隐居在杭州的孤山，在山上种满了梅树，每日与鹤相伴，终生未娶，生活悠然自得，仿佛自身早已脱离尘世。

只是，这种出尘之态未免显得太过孤寂了一些。如果身旁有志同道合可供闲聊的三五好友，于闲暇之时或静坐在梅花树下，沏一壶好茶，听清风拂耳，看云卷云舒；高声交谈，畅快大笑，惊起一林鸟鸣，岂不是比一人孤坐，独对满山梅花，要快意的多吗？

人生在世，如沧海一粟，终究抵不过岁月流年，可倘若一路有友人相伴，可以恣意相交，倒也能暂时忘却时光的流速，甚至让自己感觉不到老之将至。

王羲之在《兰亭集序》中写道："夫人之相与，俯仰一世，或取诸怀抱，悟言一室之内；或因寄所托，放浪形骸之外。虽趣舍万殊，静躁不同，当其欣于所遇，暂得于己，怡然自足，不知老之将至。"

这段话就是在写与朋友相交的乐趣，当与朋友相交相谈时，甚至连衰老都能忘记。而美好的隐居生活无非是于一陋室之中，悠然自得，阅古书，览山光，偶尔与好友互通有无，即使是隐居山林不问世事的日子，也会过的惬意无比吧。

周作人便过着这般闲淡适意的生活。他远离喧嚣尘世之外，躬耕学术，更是远离了政治，过起了属于自己的文人生活。

周作人所处的时代，中国国内正值军阀混战，民不聊生，国土凋零。他不是没有想过要去改变这种现状，将生活在困顿当中的人们解救出来。可是，一介书生，凭一己之力又如何去抗衡那些大军阀？

周作人也曾和朋友们一起结成文学社，希望用手中的笔来唤醒更多麻木的中国人，可是却收效甚微，甚至引起了很多纷争，这使他本人也陷入了非常困扰和忧愤的境地。而当时的文坛，也是喧哗不断，各种声音尘嚣日上。

最终，他选择了离开。偏居一隅，躲在幽深的庭院里，研心治学，与古人为友，在思想的宇宙里和古人神交，仔细地感受他们的脉搏，他留心颇有趣味的王季重，赞赏张宗子的自然。他本人也在不断地阅读和思考中渐渐平复自己的心境，显得愈发沉稳,波澜不惊。

因而,在周作人的文章里,我们能够读出一种"冲淡平和"的味道,如同陈酿的老酒,没有浓烈的味道,但品来却芬芳绕齿,余味悠长。

在对待散文小品之时,他也会比较《琅嬛文集》与《文饭小品》的优劣,追溯五四时期散文小品之渊源,古雅风格尽。正如他在给俞平伯的一封信里写道:

> "来片敬悉,王李重文殊有趣,唯尚有徐文长所说的以古字奇字来替代俗字的地方,不及张宗子的自然。张宗子的《琅嬛文集》中记泰山及普陀之类的两篇文章似比《文饭小品》各篇为佳,此书已借给颉刚,如要看可以转向他去借。"

周作人也十分擅长写作杂文,不同于散文的闲淡适意,周作人的杂文反倒显出一种"凌厉"之风,让人颇为感慨其风格之多变。

虽避世隐居,但周作人也深切地明白,一个人独自治学,总是无法真切的体味其中的乐趣。俗话说得好"独乐乐不如众乐乐",可和众人在一起分享这种快乐又不如和知心好友一起分享时更为愉悦。

而能够与周作人分享文学之乐的人，便是他的弟子俞平伯。

1917年，周作人被北京大学聘任为文科教授。而当时，俞平伯正在北京大学文学系读书，很自然的便听了周作人的讲课，从此两人就开始结识，俞平伯也因此拜师周作人，往后的岁月里，任世事变迁，两人一直关系亲密，亦师亦友，或相处畅谈，或鸿雁传书，这种联系一直持续到周作人过世。

俞平伯在北大时期便多次去听周作人授课，他心中对周作人充满了倾慕，终其一生都对他执弟子礼，凡书信间必以"师"或者"先生"相称，而自己则称为"弟子"或"学生"。

周作人在信中却不以师者自居，而将俞平伯视为自己的知己。两人相交，不仅是性情相投，也是学识同道，这才能成为一生的密友。

俞平伯是周作人的弟子，虽然两人名为师徒，实为挚友。尤其是在治学阅读和交换彼此心得方面，则更是如此。两人都颇富才华，更难得的是两人性情相近，趣味趋同。当一人轻挑琴弦时，另一人便自然能读出心曲，也可谓是"乐莫乐兮心相知"了。

俞平伯和周作人来往的信件很少有深情之语，但句句动人心弦，在平淡的话语中交换彼此的看法与意见，字里行间满是无可

第三章 你赐我一段浮华，我许你满世繁花

掩饰的志趣之谊。

周作人在给俞平伯的信中谈论自己对于文学的看法："我常常说现今的散文小品并非五四的新出产品，实在是'古已有之'，不过现今重新发达起来罢了。……现在的小文与宋明诸人之作在文字上固然有点不同，但风致实是一致，或者又加上了一点西洋影响，使他有一种新气息而已。"

俞平伯在聆听之余，也会把自己的看法和观点写信告知周作人，很多时候，两人对同一事物的看法往往不谋而合。

春寒料峭，冷风冻人，万物抽新。春日将近时，入目皆是萧瑟中即将到来的新气息，可空气中依旧弥漫着还未远去的冬的痕迹，冷清寂寥之中又勾起人的无端愁绪。

读周作人的信，会觉得他的文字总是非常的老道，没有辛辣和凌厉，多了一份冲淡和平和，没有视觉上的淋漓酣畅，多了一份思想上的哲思深沉。

周作人的信，话语简洁流畅，文字显也得深美闳约，波澜不惊中自有一股别样韵味，仿佛一杯清酒，入口是淡淡的，过后便唇齿留香，只觉得神清气爽，心旷神怡。

周作人曾是五四时期新文化运动的领袖之一。他在北大教书的时候，便组织和参加了《新青年》的编辑工作，还和叶圣陶等人一起发起成立了当时与"创造社"并肩而立的一个文学社

团——文学研究会。

在这期间,他发表了大量的理论文章,其中最著名的便是《人的文学》,他在文章中提出了"人"的理想生活,即在物质生活方面应该是各取所需,各尽其能,而在道德方面则应该以"爱、信、智、勇"为基本的道德准则。

在周作人看来,人应该是自由的,而不是被僵化的教条所禁锢住,每个人都应该去追求属于自己的生活,去耕种那块属于自己生活的园地,用自己的力量去开垦,去种植,去精心呵护。

他在《自己的园地》里说:"倘若用了什么名义,强迫人牺牲了个性去侍奉白痴的社会,美其名曰迎合社会心理,那简直借了伦常之名强人忠君,借了国家之名强人战争一样的不合理了。"只有当人顺着自己的心意而活,遵从于自己的内心和个性时,他才体现出了人之为人的特质。

1921年时,周作人被突如其来的病魔击倒,那段时间,他几乎整日卧床。

这场突如其来的大病,让他在精神和思想情绪上都陷入了低潮。于是,他选择了退出纷繁的尘世,开始回到"自己的园地"。

在自己的书斋之中,周作人恢复了平和的心境,专注学术。也正是在这个时候,他的文字开始变得清幽秀雅,平和冲淡,有

第三章 你赐我一段浮华，我许你满世繁花

一股隐士风流。

人的心境影响文章风格，文章也能够陶冶人的性情，也正是受这段生活以及这时心境的影响，后来在大革命失败后，周作人便开始远离政治，远离尘世，选择了一个人幽居生活，专注学术研究，专注写作。

他著书论说，循着自己的内心而生活，开辟出一方属于自己的宁静天地。在这片属于他自己的田地里，他日出而作，日落而息，闲看云卷云舒，淡看花开花落，静听雷雨风声；或与庭院花草鸟鸣为伴，或去书海与古人相交神游……也许，这才是他内心所渴望和追求的闲淡日子，与世无争，只需要经营着自己的小小世界。

在给俞平伯的信中，周作人淡淡地叙述着自己的日常饮食起居，其中有一封信是这样写的：

"虽然已是春天，而花叶尚未茂发，不免有寂寥之感。'愚'年老多病，近来患胁痛，颇学多日，亦不能执笔，或把卷，深觉此日可惜，但实在无可为，只想多饮一杯不兰地，且食蛤蜊耳。绍原走后无消息，想早已到广，匆匆不尽"。

信的第一句，写到初春花叶还没有茂盛的景象，透过他的描述，我们仿佛也看到了那幅景象，也感受到了他所感受到的寂寥之感。

黄庭坚曾在《清平乐》中写道："春归何处？寂寞无行路。若有人知春去处，唤取归来同住。春无踪迹谁知？除非问取黄鹂。百啭无人能解，因风飞过蔷薇。"

黄庭坚对于春的离去是那样不舍，而周作人面对春的未到应该是一种与黄庭坚不同却又有某些相似的心境，而最大的相同之处就是对于春天的喜爱与留恋。

试想周作人此时面对着满院子的还未抽芽的花叶，感受那春似到又未到的情景的心情，我们也就能够理解他心中的愁绪了。

但更忧愁的却是"寂寞无行路"，只有自己独立院中，拂过的只有清凉的冷风，就连清脆的鸟鸣都难得一闻，而远方的朋友，你此时又在做什么呢？是否如我一般心情怅惘，"只想多饮一杯不兰地，且食蛤蜊耳。"

其实，并不是真的想饮酒，只是酒不醉人人自醉，或许只有醉了，才能将心中的那些哀愁和孤寂都暂时的忘却，也看不到眼下的满院萧瑟和惦记自己的孑然一身还病痛加身。

俞平伯一定是懂周作人的，不然周作人不会这封寥寥数语的短信，更不会写自己独自一人的生活与愁绪。

第三章 你赐我一段浮华，我许你满世繁花

周作人肯这样写，是因为他知道，只通过这几句话，俞平伯便会懂得他心中所思所想，而他的这种心境，大概也只有俞平伯方能体味。信虽短，然细读之，不得不感叹周作人和俞平伯之间的相交情谊，言有尽，而意无穷，真正的情感，却尽在不言中。

周作人和俞平伯的书信，大多都是治学之道或闲话家常，避开了纷纷扰扰的政治，远离了社会上所谓的正统道义，只是彼此用一颗沉静平淡的心相交流。

他们会交换彼此的读书心得，分享学问里的乐趣，文字间往往典雅平和，温文尔雅，两人都是谦谦君子，身上透露着高洁儒雅的学者气息，看不到丝毫的乖戾气息。这种高洁的志趣品味，也是使他们结成一生挚友的重要原因。

文人相交，总会显出一种别样的友情温暖。周作人给俞平伯的一封短信中这样写道：

"《新月》便以奉送，因我已得另一册了。贴来邮票恕已没收，但别换一枚贴在信里，请寄到时收下可也。春雨如酥，庭中丁香大有抽芽之意矣。"

这封信，全文也就这短短两行，不足百字，叙事简洁，却饱含相交治学之谊。从信中可以知道两人虽分隔两地却时常互寄书

籍阅读，分享彼此的乐趣。而交换邮票一事，很值得回味，一枚小小的邮票并不仅是承担了寄信的功能，更是一份师生情谊的寄托，见邮票如亲见，睹物可思人。

而这封信中的最后一句，描写周作人居住的环境，则更是点睛之笔，看似平淡随意的闲笔，却在不经意间透露出文人相交的高雅趣味"春雨如酥，庭中丁香大有抽芽之意矣"。是否周作人的想念之情也如这春雨般霏霏不绝，滋生蔓长呢？

李商隐曾在《夜雨寄北》中写道："君问归期未有期，巴山夜雨涨秋池。何当共剪西窗烛，却话巴山夜雨时。"

不一样的时空，却是同样的心境。当窗外雨潺潺，如珠玉一般清晰地落在周作人的心间时，他的愁绪更甚。看着窗外的水池都已水漫出来了，可是内心满当当的只充斥着一股苦苦的味道，原来，雨竟是苦的！

1921年，周作人曾专门写了一篇《苦雨》寄给了沈伏园，信中，周作人在淡淡的哀愁中弥漫着一丝欢快的气息，他随意、朴素的文风自含一股天然的风流，随性而作，笔走之处，兴趣盎然，仿佛一切都宛如在眼前徐徐地展开，让人身临其境，文风恬淡而平和。他用一颗宁静的心去感受大自然的一切，每个细小的微动都让他觉得欣喜。

然而，雨毕竟是苦的。虽然自然的美好，恬淡而欢快，可是

第三章　你赐我一段浮华，我许你满世繁花

那些繁杂琐事浮现在心头时，便有一种微苦的味道泛了上来，心里涩涩的，愁思无处释放，心中一苦，雨自然也是苦雨了。

后来在与兄长鲁迅关系破裂后，周作人内心又一次感到了巨大的伤痛，据说那天也是一个绵绵雨夜，周作人再次体会到了"苦雨"之苦。因而后来，他干脆将自己的书房命名为了"苦雨斋"。

在苦雨斋这方小小的天地里，他将自己与外界隔绝了起来，只是随性而自在地做着一些自己热爱的文学工作。

而苦雨斋也好像一个独特的存在，似隐非隐的静静地伫立在那儿，远远看去，它显得冷僻而疏离，脱离了尘世的烟火。即使你走近了，你可能也会发现你缺少推开那扇门的勇气，没有办法再往前踏出一步。那是一个文学的殿堂，只有一颗沉静的心才能自由地出入其间，安然而闲适地居住。

也许正是在苦雨斋中的修行，周作人的小品文大多透露出一股灵性，典雅平和，古意盎然，贴近心灵。他的文字就似潺潺的溪流，缓缓地流淌，兴之所至，便可成文，没有丝毫的做作和雕饰，自有一股天然韵味。

苦雨斋对周作人十分重要，他也从不轻易的邀请人去书房，但作为他的挚友兼弟子的俞平伯，在半个多世纪的相交岁月里，却是苦雨斋的常客，这也可见周作人和俞平伯之间的深情厚谊。

又是在一个细雨霏霏的日子，周作人提笔给俞平伯写信：

"长雨殊闷人，院子里造了一个积水潭，不愁平地水高一尺了，但毕竟还是苦雨，不过是非物质的罢了。想兄亦有同感（不能去看电影了吧？）但或者《燕知草》已竟写了，则亦大有益处耳。"

就如周作人在信中所说的"长雨殊闷人"，一腔忧愁无处派遣，幸好他还可以写信，可以用这样的方式与好友俞平伯交谈，想来信中烦闷也不由少了几分。

在这样一个苦闷的雨夜，能有一个人能懂得自己的内心，知晓自己的烦恼和想念，可谓幸运。

所以，心情稍舒之后，周作人便开始在信中与俞平伯开起玩笑来，用揶揄的口吻调侃俞平伯大概在这样的雨夜也是没法去愉快地看电影了。

周作人和俞平伯的通信，内容丰富多彩，早期，他们会谈论时事和办刊，兼及臧否人物，后来则纯粹是切磋学问，谈论文学趣事，讨论彼此感兴趣的作品。两人都是博古通今，学贯中西的人物，所涉猎的范围极广，几乎无所不谈。

最初，或许是由于年龄上和阅历上的不同，周作人和俞平伯之间始终存在着不同的看法。

1922年在新诗的问题上,两人就产生了较大的分歧。当年1月份时,俞平伯在《诗》上发表了一篇讨论新诗的文章,在《诗的进化的还原论》中指出,诗的主要素质在于平民性,而贵族色彩只能是后加而成,诗是用来使人向善的,故而应该通俗易懂。

同年2月26日,周作人在《晨报副刊》上发表了一篇《诗的效用》来驳斥俞平伯的文章,他在文章中尖锐地提出了自己的观点。

在周作人看来,文学家应该用自己的心意进行创作,将自己的所感所想表达出来,而不应该用自己的艺术去迁就广大的人民群众。如果文学舍己从人,最后只能让文学沦落为一种通俗的文学,而不再是自己所想要创作和表现的文学了。

一个月后,周作人写了一封信给俞平伯,在信中周作人再次提出了自己的观点:"我以为文学的感化力并不是极大无限的,所以无论善之华恶之华都未必有什么大影响于后人的行为,因此,除了真是不道德的思想以外(如资本主义军国主义及名分等)可以放任。"也正是这次的论争,碰撞出了火花,让后来新诗的改革和发展有了基本的方向。

随着两人的交往密切,在周作人宽容平易的态度下,俞平伯青年时期的一些激进想法也渐渐安定下来,他的心性开始朝着自己的老师迈进，表现出了谦和沉静。

后来俞平伯在《西湖的六月十八夜》中，他写道："一切都和我疏阔，连自己在明月中的影子看起来也朦胧得甚于烟雾。"

在对中国革命的迷惘之中，无论是周作人还是俞平伯，都隐隐地显出了一种"知命"的心境，他们对当时的社会与生活，感到了某种的难以融入。所以此后，师徒两人便开始逐渐地抛开尘世的琐碎之事，沉浸在自己的文化天地里，写自己的小品文和散文，专研学术，考证古代典籍轶事。这便也就有了后来一脉相传的周氏一派的小品文。

无论是在冲淡平和的风格上，还是在淡然闲适的思想上，俞平伯都得到了周作人的传承，甚至有过之而无不及。

周作人与俞平伯虽都在小品文中表现了对黑暗势力的逃避，但周作人会在若隐若现间流露出一种无力的抗争，俞平伯则是完全放弃了这种抵抗，比周作人消极得更为彻底，因而周作人的文字除了冲淡平和之外，还兼有一种凌厉之气在里面。

在周作人寄给俞平伯的信中，周作人说："大文有六千言之多，《燕知草》真有掉尾之观，贵努力殊堪钦佩也。"可见周作人对俞平伯散文集的认可。

俞平伯的《燕知草》散文集只是纯粹的写杭州往事，"而今陌上花开日，应有将雏旧燕知。"一句诗就道出了《燕知草》的渊源和本意。但这本由朱自清作序,师父周作人写跋的散文集,也很能体现出俞平伯恬淡的心境。

对于俞平伯在《燕知草》所呈现的散文风格,周作人曾在跋文里说:

"我平常称平伯为近来的一派新散文的代表,是最有文字意味的一种,这类文章在《燕知草》中特别地多。……平伯这部小集是现今散文一派的代表,可以与张宗子的《文秕》(刻本改名《琅嬛文集》)相比,各占一个时代的地位,所不同者只是平伯年纪尚青,《燕知草》的分量也较少耳。"

为师者如此推崇与赞叹,想必俞平伯也应当是欣喜异常了吧。

周作人对小品杂文颇有心得,往往信笔写来,生趣盎然。在另外一封写给俞平伯的篇幅依旧不长的信件中,周作人这样写道:

"廿五廿四时从本市所寄得信已收到。大文有六千言之多,《燕知草》真有掉尾之观,责努力殊堪钦佩也。近日大肆搜案,还'医学周刊'之文债,月内必须清还外行人说外行话,'苦矣'!废名君已上山去,前礼拜日与家人去访他一遍,从三贝子花园前起走小路,经过前日出路劫而现有持枪警察站着的地方,却终于平安返城,盖有天佑焉。秋衣渐生,早上已颇凉,而学校亦就要上课了,奈何。谚云,'蟋蟀鸣,懒妇惊',此一惊字不佞颇能体谅。闻金甫已到燕大,又颇古劝渔二公亦已请去为讲师云。"

他先是向俞平伯抱怨创作"医学周刊"之苦,这不仅有还文债的苦恼,还有门外人向门内人转变的痛苦,读起来脱去了严肃治学的模样,反而多了一丝无奈,让人倍感亲切。而后又波澜不惊地叙述了一场惊心动魄的路劫,最后只来一句淡淡的"盖有天佑焉",生性淡然、处事不惊可见一斑,大约也只有周作人这般远离尘世喧嚣,静心学文的人才能如此了。

周作人和俞平伯的关系一向交情甚笃,信中往往充满了生活中的情趣,如此信中抱怨开学将近,无几日可偷懒了,写得极为生动,"'蟋蟀鸣,懒妇惊',此一惊字不佞颇能体谅。"诙谐谈吐流淌在字里行间,其中亲密之情非其他人所能道清。

1922年,在胡适的推荐下,周作人开始到燕京大学任教,教授国文系。在燕大的十年里，周作人形成了自己的散文风格，同时也为"新文学"开辟了一片土地，用自己的实际行动来支持着新文学的发展运动。

周作人在教授散文的同时，还将目光聚集在明清散文上，他从胡适、俞平伯的散文讲到李笠翁和王季重等人的散文。

"选读近代文章，阐明现代文学的散文之源流转变，辅以讨论，俾于现今新文学各问题，得有相当的了解"。

正是在散文方面的研究与专研，周作人日后在散文界自称一派，虽是新式散文却兼具古意。

在燕大的前几年里，由于人手不足，可以说几乎是周作人一个人在支撑着整个国文系，直到1925年前后，随着俞平伯、冰心和杨振声等人的加入，情况才有了好转。但这些加入的人，大多与周作人都有着或深或浅的关系。

周作人在燕京大学确实也极为受欢迎，在燕大教学的十年里，用周作人自己的话来说就是"很奇妙的一段因缘"。燕大于周作人来说，是一个值得深切怀念的地方。

在周作人一封写给俞平伯的信里，他颇为感慨地说："偷懒的日子只有十天了，如尊文已抄毕，何妨于燕大开学前来敝不苦雨斋夜谈乎。"但从这句话中我们不难体会出他心中的那份对燕大的欢喜和依恋。但再美好的日子，依旧还是会有忧愁。

1928年，是周作人人生中一条极为重要的分界线。

在分界线的一端，连接着的是他曾经有理想、有血肉的纷繁精彩却又充满苦闷与压抑的过去，而在另一端，连接着的是他对人世生活的逃离。

一代儒雅的知名学者，在风雨飘摇的1928年，走入了一个小小的天地里。我们无法得悉他这样选择的具体原因，或许是见多了那个年代的杀戮和血腥，或者是因为看着好友李大钊鲜活的生命消逝在自己的眼前，又或者是因为与兄长的交恶……

总之，周作人似乎厌倦了压抑沉闷的尘世，感觉到了生命的不可承受之重，他选择退去。曾经的热血，曾经的理想，都渐渐淡化，在那个逐渐丧失舆论和言论自由的年代，面对着青年们的热血喷溅，周作人选择将自己脱离出来，把自己幽闭在一方小天地中。

1928年11月，他正式发表了一篇文章《闭户读书论》，蛰居在自己的书房苦雨斋中，过起了隐士般的生活。

距离他发表《闭户读书论》还有两个月左右的时间，他给俞平伯写了这封信，只有短短的两句：

"偷懒的日子只有十天了，如尊文已抄毕，何妨于燕大开学前来敝不苦雨斋夜谈乎。如先期示知，当

第三章　你赐我一段浮华，我许你满世繁花

并约嫠古翁来也。"

周作人决定避世隐居，并不是临时决定的，也不是一时冲动，他早已下定决心要幽居起来过清闲的日子，不理会外界的纷扰了。信虽写的很短，但读来甚有趣味。

"偷懒的日子只有十来天了"，才展信便不觉莞尔，如此调皮而略带抱怨的周作人倒是不太常见，他似乎总是淡淡的，超脱于尘世，远离人们的视线之外，很难想象他被所谓的俗事缠身而无可奈何的样子，这样才是一个真性情的周作人吧。

朱自清与老友：
我的南方！我的南方！

诗人余光中有一首著名的诗，叫《乡愁》，里面写道：

小时候

乡愁是一枚小小的邮票

我在这头

母亲在那头

长大后

乡愁是一张窄窄的船票

我在这头

新娘在那头

后来呀

乡愁是一方矮矮的坟墓

我在外头

母亲在里头

第三章 你赐我一段浮华，我许你满世繁花

> 而现在
> 乡愁是一湾浅浅的海峡
> 我在这头
> 大陆在那头

一直以来，这首短小的诗歌曾一度风靡海峡两岸，广为传颂。它写出了无数游子的心声，诉尽了无数思乡的情怀，让远在他乡的人寻得了一丝心灵上的慰藉。

思乡是人类的共性，那既是一种对故土的深深眷恋，更是一种来自心底深处的依赖与寄托。思乡又是一种永恒的情感，从古至今人们的思乡之情，都是相通的。所以，即使是如今的游子，在读到诸如"露从今夜白，月是故乡明""春风又绿江南岸，明月何时照我还"等诗句时，仍会觉得心有戚戚焉。

只是因为有一种离别，叫背井离乡，而有一种情感，叫思乡心切。

朱自清在写给旧日友人的一封信中，也表达了浓浓的思乡之情，他虽不是背井离乡，但思乡之情较之常人却更甚，也来得更为浓烈。

在这封写给S兄的信中，朱自清表达了他对南方浓浓的眷恋和深深的怀念。这封信也不是单写给S兄的，在信的末尾，朱自

清这样写道：

"我写的已多了；这些胡乱的话，不知可附载在《绿丝》的末尾，使它和我的旧友见见面么？"可见，朱自清是想通过这封信，传递对旧友的思念之情，他希望旧友能够看到这封信，能够稍微明白他对他们的思念以及对故乡的怀念。

1920年，朱自清从北京大学毕业后，就来到了杭州，先后在浙江省立第一师范学校和春晖中学教书。

在江浙的这几年里，他的足迹踏遍了浙东南山区，欣赏当地景色，寻访当地的风土人情。

这一片土地承载了他以后对于江浙、对于南方的所有的美好的回忆。

1924年，他和好友俞平伯、叶圣陶以及顾颉刚等其他在江浙的人一起组织成立了"我们社"，还创办了《我们》杂志，第一期取名为《我们的七月》。

朱自清和他的这些朋友，一起讨论文学，一起商讨怎么将社团和杂志办得更好，这段时间，可谓是他最为意气风发的日子。

这些和老友一起奋斗的过往青葱岁月，在朱自清的心底烙下了深深的印记，让他后来即使身在北方，仍旧难以忘却在南方度过的那些美好的日子。

1925年，朱自清离开一直居住的江浙，在俞平伯的举荐下来

第三章 你赐我一段浮华，我许你满世繁花

到了清华大学的中文系担任教学。此后开始在北京定居生活。

但来到清华大学教书的朱自清，一直深深地惦记着仍旧在南方生活的家人，于是1927年1月，他将妻儿从南方接到北京，一起生活在清华园里，这总算解了朱自清对家人的思念之情。

家人的陪伴让朱自清不像刚开始来北方那样孤独寂寞，但是朱自清对于故乡的眷恋，却从来没有一刻停止。他和家人都在慢慢习惯并适应着北方的生活，可在朱自清的心里，他始终怀念着当初自己生活过的江南水乡。

朱自清在《荷塘月色》这篇文章中曾写道"心里颇不宁静"。即使月色皎洁，四周清幽，可是朱自清信中感到的却是无比的苦闷与彷徨，终究是"身在异乡为异客"。

南方，在朱自清心里是一处充满着美好回忆的地方，也是他魂牵梦绕的地方，那里有他熟悉的故乡气息，有他的亲朋好友，有他年轻时期留下的美好回忆。

朱自清曾给自己的旧日友人写过一封信，写信时间1927年9月，信中朱自清表达了对南方深深的思念与眷恋，该信随后刊登在10月14日的《清华周刊》的副刊《清华文艺》的第二期上。

朱自清回忆了他来台州时的情形。

"我对于台州，永远不能忘记！我第一日到六师

校时,系由埠头坐了轿子去的。轿子走的都是僻路;使我诧异,为什么堂堂一个府城,竟会这样冷静!那是正是春天,因而天气的薄阴和道路的幽寂,使我宛然如入了秋之国土。约莫到了卖花桥边,我看见那清绿的北固山,下面点缀着几带朴实的洋房子,心胸顿然开朗,仿佛微微的风拂过我的面孔似的。到了校里,登楼一望,见远山之上,都冪着白云。四面全无人声,也无人影;天上的鸟也无一只。只背后山上谡谡的松风略略可听而已。那是我真脱却人间烟火气而飘飘欲仙了!"

那时,他坐船而来,在清波碧涛里,他远远地便看见了一座临水而建的山城,这座山城依山傍水,周围绿树环绕,处处都透着一股清新灵动的气息。船靠岸后,朱自清坐着轿子去了学校,一路上十分清幽僻静,几乎见不到人影。

轿子在北固山停下,朱自清看到,一座简朴的学校静静地矗立在那儿,虽然是春天,却带着秋意的清冷。

在台州的五年,是朱自清人生中一段难忘的快乐时光。那段时间,他和学校里的学生十分熟悉,关系也都非常要好。朱自清在教学上也非常负责严谨,从来都不迟到,每节课堂,他都要认真的准备，生怕因为自己准备不充分而浪费了学生的时间。

当时台州的学生们对朱自清的到来更是感到兴奋不已，总会不时地到朱自清的楼房里去转转，如果能够同他说上几句话则会开心好几天，他们内心充满了对这位青年才俊的钦佩和敬仰。

住在学校的那段日子里，朱自清非常喜欢一个人登上高高的教学楼，极目远眺，将一片山色尽收眼底。

朱自清还在台州发现了一种"紫藤花"，他十分喜欢这种花，在给旧友的信中，他说："来信说起紫藤花，我真爱那紫藤花！……我离开台州以后，永远没见过那样好的紫藤花，我真惦记她，我真妒羡你们！"

朱自清还在自己居住的庭院里亲手种植了紫藤花，曾久久地在树下徘徊，流连忘返，不忍离去。

台州的冬天很冷，在朱自清的眼中却显得异常温暖。当然其中一个很大的原因是因为有着家人的陪伴。他后来在回忆中说起那年与家人一起在台州过的冬天，曾这样说过：

"外边虽老是冬天，家里却老是春天。有一回我上街去，回来的时候，楼下厨房的大方窗开着，并排地挨着她们母子三个；三张脸都天真危险地向着我。台州似乎空空的，只有我们四人；天地空空的，也只有我们四人。"

台州在朱自清心中有着沉甸甸的重量,不论是这里的山水,还是这里的亲密好友,抑或者是温馨的家人,还有学校里的学生,都让他独自一人在北方时,分外怀念。

江浙还有一个地方让他难以忘怀,那就是——白马湖,那里收藏着一段温暖时光。

一次,俞平伯去白马湖看望在春晖中学上课的朱自清,晚上两人一起去了好友夏丏尊的家里。好友相见分外开心,三人把酒言欢,纵情长谈。

从夏丏尊家里出来的时候,外面已经下起了淅淅沥沥的小雨,南方的雨,本就缠绵,似是留人一般,朱自清和俞平伯在雨中慢慢行走,偶尔会有冷风夹杂着丝丝雨滴拂面而来,别有一股幽静意境。

朱自清和俞平伯两人手执雨伞与灯笼,静静地行走在郊野间,身后留下深深浅浅的足迹,雨打纸伞的沙沙声不绝于耳,仿佛奏起了一曲灵动的乐章,在幽深寂静的夜里轻轻地拨动着两人的心弦。等两人回到住处后,雨依旧在下,他们索性坐在窗前,聆听雨声,秉烛夜谈。这样一段相聚时刻,在时光里风干成精美的画卷,挂在了他的记忆里。

第三章 你赐我一段浮华，我许你满世繁花

1925年，在好友俞平伯的举荐下，朱自清离开了上虞春晖中学，远上北京，在清华大学担任教学工作，这同时也意味着他离开了自己已经生活了六年的江浙，这个他充满着深情眷恋的城市。

也许在当时答应俞平伯去北京之时，他低估了自己对这个地方的感情，也许更是为生计所迫，一直动荡不安的南方生活可能已经磨损了他所有的耐心与好好感受美与爱的能力。

他只身北上，却不知道，就是在他转身踏上火车的时候，就将自己的心遗留在了江浙，这个让他一生都深爱和怀念的地方。

因而，刚到北京，朱自清就按捺不住自己内心对江浙和对还在那儿的妻儿的想念，那里有他最美好的回忆，有他温暖的家，有他温婉的妻子和可爱的孩子。北京虽然生活稳定了，他却是孤单一人，没有欢声笑语，更没有可观看的湖光山色与知心好友，再也不能把盏夜谈，流连悠长寂深的小巷。

呼朋唤友，相约出游，爬过山，看过水，找一家茶馆或酒家开怀畅饮休憩一番……如今，这些只能是他的孤单想象了。

于是，在乡愁和对朋友们的思念中，朱自清写了一首诗《我的南方》：

我的南方，

高山流水遇知音

> 我的南方，
> 那儿是山乡水乡！
> 那儿是醉乡梦乡！
> 五年来的彷徨，
> 羽毛般的飞扬。

通过读这首简短的小诗我们就会发现，朱自清心中对南方的眷恋犹未深切，他呼喊着"我的南方，我的南方"仿佛要将所有的热情都融入这声呼喊中。在朱自清心中，他的南方，既是山乡水乡，也是醉乡梦乡，他心中的情绪全在诗中磅礴的倾泻而出。

对于生活的江浙，对于任教的地方——台州，朱自清充满了太多的情感，就像他在信中说的："我对于台州，永远不能忘记！"

就连第一次去六师范的情形他都记忆犹新。可是谁又知道，初见面就冷清孤寂幽深的台州，会在后来给他留下那么多深刻而又难忘的记忆。

他不能忘记紫藤花，那开的雄伟而又繁华的紫藤花，曾让他一度在花下徘徊不去，乃至对台州的朋友们产生了妒羡，这是何等深厚的感情。

朱自清对紫藤花给予了极高的赞美：

第三章　你赐我一段浮华，我许你满世繁花

"庭院中，竟有那样雄伟，那样繁华的紫藤花，真令我十二分惊诧！她的雄伟与繁华遮住了那朴陋，使人一对照，反觉朴陋倒是不可少似的，使人幻想'美好的昔日'！我也曾几度在花下徘徊。……又曾几度在楼头眺望：那丰姿更是撩人，云哟，霞哟，仙女哟！"

他同样记着望江楼上的浮桥，他在那里看过人来人往，赏过柳色与水光，他去北固山看田野、看梨花，也在医院门前看雪……正如他在信中所说的：

"南山殿望江楼上看浮桥（现在早已没有了），看憧憧的人在长长的桥上往来着；东湖水阁上，九折桥上看柳色和水光，看钓鱼的人；府后山沿路看田野，看天；南门外看梨花——再回到北固山，冬天在医院前看山上的雪；都是我喜欢的。"

他无比深情地说"都是我喜欢的"与其说是这些景物都是他喜欢的，不如说这些景物承载的，是他对家乡的思念。北方的景物又何尝不是别具一番风味，朱自清的《荷塘月色》就是见证，

只是，北方的景物只是景物，不像南方的景物，在美丽的同时，还承载着浓浓的乡愁。

虽然朱自清一生大半时间都在北方度过，可是他出生在南方，成长在南方，中学学业也是在南方完成，在北京大学毕业后，又回到南方工作了五年，可以说，朱自清是个地道的南方人。

朱自清有一本游记散文集，叫作《温州的踪迹》的文章，渗透着他对南方的怀念之情。我们知道，朱自清的散文，所追求和表现的就只有一个字，即"真"，他将自己真挚的感情融入散文创作中，不管是描写对故乡的怀念，写眼前的所见所闻等，感情真挚都是朱自清散文中最耀眼的一部分。

在《温州的踪迹》中，其中有一篇名为《绿》的散文，一直广为传颂。

《绿》这篇文章，说的是作者去仙岩看到梅雨潭时的感受。这篇文章写得非常美。其中有一句：

"镶在两条湿湿的黑边里的，一带白而发亮的水便呈现于眼前了"。

一个"镶"字用的非常的别致有趣，说的是山涧中的瀑布。

读来仿佛眼前就出现了这样一幅图画：高而幽静的山涧中，一条瀑布好像从天而降般倾泻而下，白练般的瀑布和黝黑的山涧形成了一幅极具美感的图画。

在《绿》中，朱自清是把"绿"当作一位极具艺术魅力的女人来描写的。"她"绿色闪闪，"梅雨潭闪闪的绿色招引着我们"；我们开始追捉她那离合的神光了，同时又婀娜多姿，缅甸羞怯，温柔细腻。

朱自清是把"绿"描写成了一个如此得体优美的女性，这何尝又不体现着朱自清心中的江南情结。不管是古代的诗歌还是现代的文章，把江南比作一名娇羞的女子的例子并不少见。

江南的烟雨缠绵，景物幽美，又何尝不像极了戴望舒笔下"充满愁绪"的丁香姑娘。

情到深处便蚀骨。朱自清在写给S兄的这封信里，满纸美景，充满怀念，想来也是情深入骨了吧。

夏丏尊与文学青年：
暂时不要以文字专门者自居

"百年大计，教育为本。"自古以来，教育对人的成长始终都有无法忽视的作用。

春秋时代，孔子就开始主张教化育人。在当时，不论贵贱，不管老少，只要你交了"束脩"，即一块干肉，就可以入学读书，听孔老夫子讲学，因而才有后来的孔子门生三千。

老师和学生的关系，也一直是非常微妙的。不比朋友和父母，他们是精神上的互相交流，思想上的互相倾听。

民国的夏丏尊与当时的文学青年也是如此。他细心地以自己的见识和知识教导青年，把他们引入到正确的人生道路上来。

那时候，由于"新文化"运动浪潮席卷了知识界，文学界反而愈发地活跃起来。

人们纷纷选择用手中的笔来表达乱世中的迷茫与困惑。

尤其是报纸杂志流行后出现了稿酬制，更是刺激了一大批文学青年，纷纷想以此谋生，并将文学创作看成了一技之长，可以

第三章　你赐我一段浮华，我许你满世繁花

用来维持生计。学校教育此时反而弱了下来，似乎在热爱文学的同时，一种不安分的情绪也在蠢蠢欲动，似要破土而出了。

受这股潮流影响，夏丏尊写了一封致文学青年的公开信。

夏丏尊，何许人也？也许很多人对他的名字不太熟悉，但当时，夏丏尊却是一位非常有名气的教育家和文学家。他的很多理论观点被一直沿用至今。

夏丏尊一生受鲁迅的影响非常大，其实，作为当时以及以后的文学巨擘，现代文学的作家几乎都或多或少、直接或间接地受了鲁迅影响。

但不同的是，夏丏尊曾经和鲁迅共事过，所以鲁迅对他的影响，无论从思想上还是文学上来说，都非常深刻。也是在鲁迅的教导下，夏丏尊开始对文学感兴趣，并立下志向，要通过文学创作来改造国民精神，这时的他已经开始从事一些外国文学的翻译工作。

鲁迅也将自己和周作人的《域外小说集》赠予夏丏尊，不断增加他的阅读量，从而扩大了夏丏尊的阅读视野，所以夏丏尊一生都自称是受鲁迅启蒙的人。

除了鲁迅给予的影响外，夏丏尊还受到了弘一法师的影响，当时夏丏尊在浙江省立第一师范学校工作，李叔同，即弘一法师广泛的学识吸引了夏丏尊，李叔同精通音乐、美术、文学、戏剧

等,在学校里也十分有声望。但夏丏尊也意识到自己无法像李叔同那样,所以他说:

"我只好佩服他,不能学他"。

夏丏尊和李叔同共同工作的时间很久,两个人感情也非常好。后来李叔同皈依佛门,成了弘一法师。

李叔同对夏丏尊的影响非常大,他也是因为李叔同的缘故而信仰佛教,后来夏丏尊在《爱的教育》的翻译过程中,也是以佛教徒的精神宗旨进行翻译的。

1930年,由开明书店发行,夏丏尊、丰子恺、章锡琛以及顾均正四人担任主编的《中学生》杂志在上海创刊,一年出十期。

夏丏尊开始在杂志上发表一些关于青少年教育的文章,而他同年的译作《爱的教育》由开明书店印行后一路畅销。

1930年时,夏丏尊和叶圣陶开始轮流在《中学生》上连载"关于国文的全部知识"的读写故事《文心》,后完成于1934年,是一本用故事体裁写的用以来讲写和读的书籍,整本书涵盖了当时三年中学的进程,同时也体现了20世纪30年代时期的历史氛围。

这本书由开明书店出版后风靡一时,对青少年的成长与语文教学产生了巨大的影响,被誉为"划时代"的国文教学。

1931年12月时,夏丏尊和丁玲、郁达夫以及胡愈之等二十多人在上海发起成立了文化界的反帝抗日联盟。同时,他在《中学生》上公开致信文学青年,发表《我的中学时代》。

夏丏尊就这样慢慢开始从事对青年的教育事业。而且他有一套属于自己的独特的教育思想。原本,夏丏尊是一位理想主义者,包括他从事教育行业,也是理想化的。夏丏尊当时在管理春晖中学时,就采取了理想主义的方法,他给学生创造了一个十分自由的学习环境,让他们按照自己的个性顺其自然地发展。

但是夏丏尊的理想主义最终失败了,所以在给《中学生杂志》写文章时,他的理想主义倾向就减轻了不少。

夏丏尊经常在《中学生杂志》上发表文章,探讨的都是一些比较实际的、中学生关心和感兴趣的问题,所以很快,夏丏尊可以说成了全国青少年的良师益友。

比如,夏丏尊有一篇文章叫作《阅读什么和怎样阅读》,这篇文章是写中学生该如何挑选阅读书籍并且正确地进行阅读,他完全站在学生的立场,以学生的心理,进行认真的分析,其中观点也非常实用,颇受广大学生的喜爱。

在夏丏尊看来,读书的时候,应该确定一部分精读的文章和书籍,以此为中心,再去决定泛读的文章,这也是他提倡的读书方法。

为了使青少年们更好地理解这种方法,他举了一个具体的例子。比如我们选择精读的文章是《桃花源记》,这是晋朝大文学家陶渊明写的文章,如果我们想了解陶渊明为什么写了这篇文章,就该去读读文学史,如果我们想知道这篇文章描写的"理想世界"就可以去泛读《乌托邦》这本书,另外,这篇文章还体现了一些记叙手法等,那么我们也可以去翻阅相关书籍来了解。

这种方法是夏丏尊先生极力推荐的,而且他本人一直以这种方法在读书。

另外,夏丏尊还提倡"语感",提倡写文章应该"真实"和"明确",这些观点都是他在语文教学理论方面留下的宝贵财富。

朱自清曾说过:"夏先生才真是一位诲人不倦的教育家"。

夏丏尊非常热爱他所从事的教育行业,他把教育当作理想,也当作责任,尤其是语文教育。在夏丏尊心里,教育是神圣的,那种神圣完全可以和信教徒对宗教的神圣相比。

除了对中学生的教育,夏丏尊还创作了非常多的作品来阐述自己教育理论。他与大教育家叶圣陶,合作写了很多文章。可以说,是他们两人确立了新中国建立以来的语文教育思想。这种思想对中国教育的影响,一直延续到今天。

上文提到过的《文心》,就是夏丏尊一篇非常著名的作品,这是当时他和教育家叶圣陶合著的,《文心》也是在现代语文教育思想和发展史上具有里程碑意义的一部著作。它以具体事例开篇,写了H市的一家中学——第一中学,其中一个班级三年的生活。在书中,他们把中国和国外的教育理念融合到一起,取其精华,弃其糟粕,并结合自身的教育实践,系统地论述了中学教育。在课堂教学中的探究学习、合作学习,如何建立优良的师生关系等问题上,都有十分具体精到的论述。

一直到今天,《文心》还是教育工作者们在从事教育工作时喜爱阅读和参考的书籍。

夏丏尊先生在当时是具有很强地号召力的,所以说他进入了开明编辑部,最大的贡献就是,能够召集并组织起一大批愿意写作、志同道合的作者,这样慢慢地就会形成一支专注而优秀的编辑队伍。

1931年5月,夏丏尊写了一封信,这封信主要是和广大的文学青年共同探讨文学方面的问题。

这封信刊登在《中学生》第15期上。事实上,夏丏尊的这封致文学青年的公开信主要是想要借这封信来封住一些文学青年心中那份不可靠的冲动。打破他们认为什么都不用做只单纯地写写文章就可以自称作家并领取稿费生存的观点。

作为已经翻译过意大利名著《爱的教育》并已在当时的社会上有了知名度的教育学者,夏丏尊显然很是忧虑当时文学青年的发展状况的，其实不止当时，纵观夏丏尊的一生，他心里装的都是中学生教育，这既是他对于这份事业的热爱，也体现了他浓烈的爱国之情。

在夏丏尊心里，他是把青少年当作自己的孩子来关心和帮助的。这些青年都是中国的未来，在他们的身上，肩负着中国的责任和命运，所以，对他们而言，怎样在年轻时就走好关键的一步，选择一条正确的道路，十分重要。

因此，如何引导青年们更好地发展，使他们更好地走好接下来的路，也是当时一个十分迫切的问题。

在夏丏尊看来，作为青年学子，尤其是文学青年学子，首先应当学好自身的文化，然后才能来做文化的工作。如此，学校的教育便就是关键。

就像那时，当他还在春晖中学任教的时候，就曾大胆地改革除弊，给学生们创造了一个宽松舒适的学习环境。

后来为了帮助老师和学生更好的理解什么是教育，夏丏尊翻译了意大利作家亚米契斯的《爱的教育》，出版后一时间洛阳纸贵，风靡全国。再到后来，他开始在开明书店担任编辑，期间出版了一系列的教育书籍。

其实这时候，就经常有学生写信给夏丏尊，希望夏丏尊能解答他们的一些困惑。这时很多学生对夏丏尊都非常的信赖，他说

第三章 你赐我一段浮华，我许你满世繁花

的一些话在当时也非常有分量。

夏丏尊这封公开信是以给xx君的回信为格式写的。开头他写道：

> 你来书说："此次暑假在xx中学毕业后，拟不升学，专心研究文学，靠文学生活。"壮哉此志，但我以为你的预定的方针大有须商量的地方。如果许我老实不客气地说，这是一种青年的空想，是所谓"一厢情愿"的事。

在信中，先是指出了xx君的观点，其实这就是当时绝大多数青年的想法，不希望继续升学学习，而是放弃学业只是靠文学写作来获取的稿酬生存。紧接着，夏丏尊指出这种做法"是一种青年的空想，是所谓'一厢情愿'的事"。

当然，对于青年的这种想法，夏丏尊也不是一味否定和批评，他这样说道：

> "你爱好文学，有志写作，这是好的。……唯对于你的想靠文学生活的方针，却大大地不以为然。"

他先是肯定了青年的做法，肯定了他们对文学的热爱，以及立志写作的想法，然后再指出了靠文学写作来生存这种想法其实是错误的，不可取的。

夏丏尊还详细地介绍了依靠文学写作这种职业：

> "靠文学生活，换句话说，既是卖字吃饭。……卖字吃饭的职业（除抄写外）古来未曾有过。……至于近代，似乎有靠文学吃饭的人了。可是按之实际，这样的职业者极少极少，且最初都有别的职业，生活资料都靠职业维持，文学生活只是副业之一而已。"

在这里，夏丏尊明确指出，单纯地靠写字吃饭，可以说，几乎从来没有过。为了让青年明白依靠文学写作生存这种职业的艰难与不可取，他还列举了一些例子，想更加具体的说明，即使是古今中外著名的文学家，他们也不是完全靠文学写作来生存的，也是从事其他职业保证收入和生存才从事文学写作的：

> "举例说吧，鲁迅氏最初教书，后来一壁教书一壁在教育部做事，数年前才脱去其他职务。他的创作大半在教书与做事时成就的。周作人氏至今还在教

第三章 你赐我一段浮华，我许你满世繁花

书。再说外国，俄国高尔基经过各种劳苦的生涯，他做过制图所的徒弟，做过船上的伙伕，做过肩贩者，挑夫。柴霍甫做过多年的医生，易卜生做过七年的药铺伙计，威尔斯以前是新闻记者。从青年就以文学家自命，想挂起卖字招牌来维持生活的人，文学史中差不多找不出一个。"

大文豪鲁迅最开始也是从事一些别的工作，直到最近几年才开始专职写作，但鲁迅最有名的作品仍旧是他在做其他工作时的空余时间写就的。还有鲁迅的兄弟周作人文学成就也很大，但他的主业一直是教书。外国的很多著名的作家也都这样，没有专门以写文字为生的……

夏丏尊从同时代的鲁迅、周作人两兄弟谈到了俄国的高尔基以及易卜生等人。热爱文学，未来想从事文学，是一个伟大的志向，可是往往理想高于现实，没有现实根基的理想经不起一点风吹雨打，很快就会在社会的大浪潮中幻灭。

在这封公开信中，夏丏尊并没有显露出丝毫的急迫和盛气凌人的严厉说教，反而以朋友的身份给以建议，并用以退为进的方式善意地表达了自己对一些文学青年不愿意继续接受大学教育而去写作，并想以此来赚钱生活的想法的劝阻。

作为还在象牙塔中的学生，虽曾从各种书籍中阅读过不同的经历和生活体悟，可终究不是自己的，也不是自己所面对的现实问题。

很多时候，原本设想的美好，其实只是一场遥不可及的梦幻而已。"理想丰满，现实骨感。"没有在社会的大舞台上历练过，也没有体验过尘世间的人情冷暖，百味人生，又怎么能知道现实其实是艰难的呢？

因而，夏丏尊才在信中语重心长地说："如果许我老实不客气地说，这是一种青年的空想，是所谓'一厢情愿'的事。"

夏丏尊非常恳切的向以ＸＸ君为代表的中学生谈了自己的看法：

"你爱好文学，我不反对。你想依文学为生活，在将来也许可能，你不妨以此为理想。至于现在就想不作别事，挂了卖字招牌，自认为职业的文人，我觉得很是危险。……想依此为活，实在是靠不住的事。"

理想需要构架在现实的基础上，如果连温饱都解决不了，又怎么谈创作呢？

夏丏尊用一颗仁者般关怀的心，用书信的方式，为文学青年

第三章　你赐我一段浮华，我许你满世繁花

指明了一条正确通往文学殿堂的道路，就如信中所说：

"最好的方法是暂时不要以文字专门者自居，别谋职位，一壁继续钻研文学，有所写作，则于自娱以外，不妨试行投稿。要把文学当作终生的事业，切勿轻率地以文学为终身的职业。"

长者有言，不敢不听，何况还是一翻如此良苦用心的劝勉之言？信中所体现的，满满的都是夏丏尊对文学青年的关切之情，如此可贵的友情，不由让人动容。

夏丏尊以一个长者的身份，把他的经历、他的认识、他的见解缓缓地灌入到青少年脑海中，可以说，夏丏尊几乎是当时全国青少年在前进道路上的一盏指明灯。

第四章
心有猛虎,细嗅蔷薇

鲁迅与萧军、萧红：
绝望中的一丝光明

困境中的雪中送炭，总会让人倍感温暖。

萧军和萧红，就曾经陷入过极大的困境，而在他们最没落和无助的时候，鲁迅先生给了他们莫大的慰藉和帮助，这份友情使他们在冷寂当中寻得一丝温暖。就像绝境中的希望，黑暗中的光明，弥足珍贵。

1934年，国内依旧动荡不安，内有纷争，斗争不断，外有敌寇，虎视眈眈。

寻常百姓家生活本就十分艰苦，何况又在这个国破山河的当头，生存自然而然就成了首要的问题。

萧军和萧红，同样也是为了生存，在各处奔波。

萧军和萧红虽然都是后来成名的作家，但在当时，他们的生活十分落魄，似乎一直都处在一种流离失所的境地。

萧红有一篇文章叫作《饿》，这篇文章非常生动又辛酸地说明了他们当时的处境。其中有一段是这么写的：

儿时的记忆再现出来，偷梨吃的孩子最羞耻。过了好久，我就贴在已关好的门扇上，大概我像一个没有灵魂的、纸剪成的人贴在门扇。大概这样吧：街车唤醒了我，马蹄嗒嗒、车轮吱吱地响过去。我抱紧胸膛，把头也挂到胸口，向我自己心说：我饿呀！不是"偷"呀！

郎华仍不回来，我拿什么来喂肚子呢？桌子可以吃吗？草褥子可以吃吗？

第一段写萧红为饥饿所困，无法入睡，想去偷邻居家门口的食物，这个过程中，她的思想一直在做尖锐的斗争，理智告诉她，偷是最无耻的行为，可是腹中传来的饥饿之感，又一次次挑战着她的理智，在这一段的最后，她那一句"我饿呀，不是'偷'呀"含了多少辛酸与无奈，即使如今我们看来，也会觉得十分难受。

第二段则是写萧军（郎华是萧军在那时候使用的一个笔名）外出工作，萧红在家等他回家时的状况。十分饥饿，却不知该如何是好，茫然地问，"桌子可以吃吗？草褥子可以吃吗？"

文章是一个人心灵最真切的体现。从这些文字中，我们可以看到，萧红萧军当时是处在怎样的困境与痛苦当中。

第四章　心有猛虎，细嗅蔷薇

1934年6月的时候，两人辗转到了青岛，后在《青岛晨报》担任编辑。

9月时，萧红在这里完成了自己的成名之作《麦场》即后来的《生死场》，这是一部非常宏伟的著作，这部作品也是萧红的成名作。萧红描写了九一八前后，在哈尔滨的一个村庄里发生的各种各样的故事。

萧红以悲悯的笔调，写农民的生活，写他们像牲口一样活着，没有意义的生，没有意义的死，其中尤其描写了女性的悲剧。

《生死场》使得萧红有了一些名气，但它真正成为一部不可多得的经典之作，则是鲁迅为其作序之后的事。

在青岛安定下来的萧红和萧军原本以为生活会渐渐地好转，他们可以在青岛安稳的生活下去了。

然而造化弄人，人世多舛，就在10月初，萧军和萧红的好友舒群被捕，《青岛晨报》也随之结业，万般无奈之下，萧军和萧红只得再次逃难流亡，这次他们选择去的目的地是上海。

在青岛的时候，萧军和萧红就曾给鲁迅写过一封信，也收到了鲁迅的回信，他们和鲁迅之间，开始有了书信往来。

因而，在到达上海的第二日，两人再次给鲁迅写了一封信。在当时的萧军和萧红看来，两人一直漂泊无依，突然置身在陌生的上海，心里难免孤独和彷徨，但更多的是对未来的忧虑和哀愁。

前路漫漫，属于他们两个人的路又在哪里？同时更为重要的是，两人几乎已经身无分文，这样又怎么才能在上海生活下去，即使不在上海，想另寻别处，又该如何离开，如何自处？

一时间，似乎所有的问题都接踵而至，压在了两人的头上。

就在他们举目无亲、四处碰壁的时候，他们见到了鲁迅。

11月30日，萧军与萧红两人在上海内山书店的一家咖啡馆里见到了鲁迅全家。萧红和萧军向鲁迅介绍了东北的战争状况以及这些年来两人的遭遇，鲁迅用心倾听并仔细询问了细节，然后，鲁迅也向他们讲了上海的战争状况和当时文坛上的一些状况。

最后，鲁迅同意帮助萧军萧红出版他们的作品，他让夫人许广平把萧红的作品带回了住处。

与鲁迅的相见，如同一束耀眼的阳光照亮了萧军和萧红当时凄凉而又无助的生活。使得他们不再漂泊无依。可以说，鲁迅不管在物质上还是精神上，都给了他们两人极大的帮助。

虽然有了些钱财上的资助，让萧军和萧红能够不再为生活所迫，但对于两人来说，鲁迅给予他们的，更多的是一种心灵上的慰藉和安稳，他们觉得，自己的未来好像明朗了很多。

尤其是后来在鲁迅的帮助下，萧红的《麦场》改名为《生死

第四章　心有猛虎，细嗅蔷薇

场》以奴隶丛书第三册出版时，萧红内心的激动无以复加，这种激动，一方面是因为有着丰厚的稿酬可以暂时不用担心生计的问题，可更多的是一种在濒临绝望中突如其来的惊喜和幸福感。

萧红的《生死场》由鲁迅作序，胡风写后记，终成为文学史上不可多得的经典之作。

当鲁迅在萧红的《生死场》的序言中评价萧红：

"女性作者的细致的观察和越轨的笔致。"

因为鲁迅作序尤其是其中对于萧红的这句评价，使得萧红一举成名，并由此奠定了萧红在中国现代文坛上的地位。

三人相见的时光虽然短暂，可是彼此的友谊却愈加深厚了。

1934年12月19日，鲁迅做东，介绍萧红萧军与聂绀弩、茅盾、叶紫等人相识，与这些文人的交往，对两人以后的生活产生了很重要的影响，萧军和萧红两人也因此有了一段时期的稳定生活。

在鲁迅与萧军和萧红两人见面前，鲁迅曾在17日的回信中说自己因已生病十来天导致精神较差而无法及时的回复两人的信。

见面后，萧军和萧红看到鲁迅虽是大病初愈，但依旧"双颧突出，两颊深陷，脸色是一片苍青而又近于枯黄和灰败……"这不禁让萧军和萧红两人内心对鲁迅的身体担忧不已。

出于对鲁迅先生身体状况的担心,萧军和萧红在见面后就写了信去问候,鲁迅先生也及时回复了信件。

信的开头,鲁迅写了这样的话:

> "两信均收到。欲知道我们见面之后,是会使你们悲哀的,我想,你们单看我的文章,不会料到我已这么衰老。……"

知道萧军和萧红担心自己的身体后,鲁迅反而在信中宽慰两人,显得豁朗而真挚。

对于自己身体的病痛,鲁迅采用了一种自嘲的态度,信中说:"我想,你们单看我的文章,不会料到我已这么衰老。"

虽时年五十多,可是鲁迅却显得要比一般同龄人衰弱的多,这跟他长期伏案写作和熬夜工作有很大原因,现在看来,鲁迅的工作时间和方式对身体的损害是极大的。

对于当时的中国,大概没有人比鲁迅看的更为透彻了,他用洞察了当时中国存在的丑陋以及国民的劣根性,并将它们用十分尖锐和嘲讽的语气在文章中描写出来,因而他总是一次次被推上风口浪尖,置于舆论谩骂的口水战中。

第四章 心有猛虎,细嗅蔷薇

身边的朋友如萧军和萧红等人都为鲁迅感到愤慨和愤怒,可是,鲁迅却对这一切淡然处之,毫不介怀。

在鲁迅看来,别人对他的谩骂至多只是一些"文章上的冲突",反而说明了他的文章深刻的揭露那些人的短处和他们自己也不愿意承认的丑陋内心,看到萧军萧红因为这个而生气,鲁迅反而宽慰两人,在给他们的信中,他这样说道:

> "来信又愤怒于他们之迫害我。这是不足为奇的,他们还能做什么别的?我究竟还要说话。你看老百姓一声不响,将汗血贡献出来,自己再到无衣无食,他们不是还要老百姓的性命吗?"

鲁迅能够对迫害者的言论不以为意,只是因他已经看透了中国文人那些出人意料的诬陷方法;鲁迅能够在破坏者破坏的情况下仍然坚持用笔说话,只因他对于国家屡遭战乱感到出离愤怒,对百姓过着悲惨的生活感到无比伤痛。

鲁迅在给萧军萧红的信中,也对那些迫害自己的人给予了讽刺:

> "中国是古国,历史长了,花样也多,情形复

亲，做人也特别难，……尤其是那些诬陷的方法，真是出乎意外，譬如对于我的许多谣言，其实大部分是所谓'文学家'造的，有什么仇呢，至多不过是文章上的冲突，有些是一向毫无关系，他不过造着好玩，去年他们还称我为'汉奸'，说我替日本政府做侦探。我骂他时，他们又说我器量小。"

作为一名长者，更作为一名知心的朋友，鲁迅对萧军和萧红两人的生活表示了极大的关怀和关心。

一直以来，萧军和萧红居无定所，过着漂泊流亡的生活，这种不安定的环境，即使只是简单地谋生，都显得很是艰难，又如何可以静下心来创作，写出文学作品来。

鲁迅因而不时地接济两人，给予金钱和物质上的帮助。

萧红萧军曾在信中向鲁迅借了二十元钱，二人拜访鲁迅回去的时候，因为没有车钱，鲁迅又替他们付了车钱。对此，二人感到十分的为难和心痛，并把这种感觉写在了寄给鲁迅的信中。

收到信的鲁迅十分怕萧军和萧红两人过意不去，故在信中写道：

"来信上说到用我这里拿去的钱时，觉得刺痛，

第四章 心有猛虎，细嗅蔷薇

> 这是不必要的。我固然不收一个俄国卢布，日本的金圆，但因出版界上的资格关系，稿费总比青年作家来得容易，里面并没有青年作家的稿费那样的汗水的——用用毫不要紧。而且这些小事，万不可放在心上，否则，人就容易神经衰弱，陷入忧郁了。"

事实上，在当时，鲁迅本身的生活也并不宽裕，家里过的也是非常的简朴，能省则省，可是对于拿钱出来帮助萧军和萧红一事，鲁迅先生却显得十分的爽快，这不只是一种朋友的关爱，还有一种对文学青年的爱惜之情。

当时的中国，满目疮痍，需要更多的有志之士来担负起建设的重任，如果只是因为生计问题而放弃自身才华，该是一件多么让人心痛的事情。

鲁迅深刻地明白，培植青年为祖国建设做贡献是多么迫在眉睫的事情。他在自己不遗余力的创作的同时，也培养了大批文学青年，在精神上、物质上都给予扶持，使他们能更好地为祖国发展尽力，可以这么说，现代的稍有名气的作家看，都直接间接、或多或少的受到了鲁迅的影响，他们的风格都是在鲁迅的影响下成熟，这种现象，在中国文学史乃至世界文学史上，都非常的少见。

对于文学创作者而言，物质是一方面，更多的是则是精神上的安稳。

鲁迅意识到了萧军和萧红因长时期的不安定而造成了心理上的一种不安稳，似乎在防备着什么时候又得准备一场大逃亡，从一个还来不及熟悉的城市辗转到另一个完全陌生的城市，身体暂时停下了，可是心却似乎一直在流浪，在漂泊，无法找到休憩的港湾。

这让鲁迅对两人感到有点忧心，因此，他在信中如是写道：

"你们目下不能工作，就是静不下，一个人离开故土，到一处生地方，还不发生关系，就是还没有在这土里下根，很容易有这一种情境。一个作者，离开本国后，即永不会写文章了，是常有的事。……最好是常到外面去走走，看看社会上的情形，以及各种人们的脸。"

鲁迅用自己的切身体验来给两人提建议，让两人放开心怀，真正地融入自己在的城市生活中去，只有觉得熟悉了，安稳了，静下心了，才能继续拿起笔，写出自己想要的文学作品。这种殷切的关怀和叮嘱，又岂是一般的友情可达到的？

第四章　心有猛虎，细嗅蔷薇

鲁迅在给萧军萧红的信中，还仔细讲了《两地书》的情况。

《两地书》是鲁迅和他的夫人许广平来往的一百三十五封书信，大概通信时间在1925年3月到1929年6月。后来，鲁迅将这些书信编辑修改成三集书信集，最终在1933年的时候，由上海青光书局出版。

鲁迅在给萧军萧红的信中说，他编辑修改的《两地书》并不是情书，而只是书信：

> "《两地书》其实并不像所谓'情书'，一者因为我们通信之初，实在并未有什么关于后来的预料的；二则年龄，境遇，都已倾向了沉静方面，所以决不会显出什么热烈。冷静，在两人之间，是有缺点的，但打闹，也有弊病，不过，倘能立刻互相谅解，那也不妨。至于孩子，偶然看看是有趣的但养起来，整天在一起，却真是麻烦得很。"

萧红萧军与鲁迅自从相见以来，他们的关系就十分密切。尤其是萧红与鲁迅的友谊。这从鲁迅去世后，萧红写的那篇《怀念鲁迅先生》的文章中就可见一斑。

萧红的《怀念鲁迅先生》回忆了鲁迅先生日常生活的一些

细节，并且介绍了鲁迅先生的一些生活习惯，包括他的笑声、作息等。

从中可以看出，萧红是鲁迅先生家的常客，即使是鲁迅先生的夫人许广平，和萧红也是非常熟悉。有一次萧红去参加宴会，还摆脱许广平为她寻找一条搭配的簿布绸和绸带，最后是两人共同选定的，虽然鲁迅对绸带颜色并不满意，但这件事也可以看出萧红与许广平之间的情谊也是很深厚的。

就连鲁迅先生的儿子海婴也是非常喜欢和萧红玩的。

有一次，萧红换了一身鲜红的衣服，跑去鲁迅家，问鲁迅先生自己的衣服好不好看。鲁迅先生看了之后说不好看，然后展开了一些对于如何搭配衣服的描述：

"你的裙子配的颜色不对，并不是红上衣不好看，各种颜色都是好看的，红上衣要配红裙子，不然就是黑裙子，咖啡色的就不行了；这两种颜色放在一起很浑浊……你没看到外国人在街上走的吗？绝没有下边穿一件绿裙子，上边穿一件紫上衣，也没有穿一件红裙子而后穿一件白上衣的……

"你这裙子是咖啡色的，还带格子，颜色浑浊得很，所以把红色衣裳也弄得不漂亮了。

> "人瘦不要穿黑衣裳,人胖不要穿白衣裳;脚长的女人一定要穿黑鞋子,脚短就一定要穿白鞋子;方格子的衣裳胖人不能穿,但比横格子的还好;横格子的胖人穿上,就把胖子更往两边裂着,更横宽了,胖子要穿竖条子的,竖的把人显得长,横的把人显的宽……"

这里既可以看出鲁迅的博学,连搭配衣服这些日常小事都有一套自己独特的看法,更重要的是说明了虽然认识不久,但萧红与鲁迅之间,已建立了非常深刻的友谊。萧红萧军与鲁迅认识真的不久,从1934年10月相见,到鲁迅1936年去世,前后不过两年的时间。

在《怀念鲁迅先生》中,萧红回忆了鲁迅平时生活的一些细节,鲁迅先生吃东西、接待客人、不信鬼、工作时间等,萧红对鲁迅的日常工作是这样描述的:

> 鲁迅先生的休息,不听留声机,不出去散步,也不倒在床上睡觉,鲁迅先生自己说:"坐在椅子上翻一翻书就是休息了。"
>
> 鲁迅先生从下午两三点钟起就陪客人,陪到五点钟,陪到六点钟,客人若在家吃饭,吃完饭又必要在一起喝茶,或者刚刚吃完茶走了,或者还没走又来了客人,于是又陪下去,陪到八

点钟,十点钟,常常陪到十二点钟。从下午三点钟起,陪到夜里十二点,这么长的时间,鲁迅先生都是坐在藤躺椅上,不断地吸着烟。

客人一走,已经是下半夜了,本来已经是睡觉的时候了,可是鲁迅先生正要开始工作。

在工作之前,他稍微阖一阖眼睛,燃起一支烟来,躺在床边上,这一支烟还没有吸完,许先生差不多就在床边睡着了。

同时,在《怀念鲁迅先生》一文中,萧红还对鲁迅先生的病情做了介绍,通过她的观察和感受以及鲁迅家人的言谈举止,萧红比较详细地展现了鲁迅先生的病情是如何一步步加重的,这些记录对于后来对鲁迅的研究,都是非常宝贵的资料。

1935年5月2日,鲁迅带着夫人许广平和儿子海婴到萧红萧军的住处去看望两人,并进行了一番长谈。对二人来说,这实在是个不小的惊喜。

感动于鲁迅先生的关心关怀,萧红与萧军将更大的精力投入到写作中。尤其是萧红,更是在鲁迅的指引和帮助下,慢慢发掘出了自己巨大的写作才华,在十多天里,创作了四十多篇散文,后来结集成《商市街》出版。

萧红与鲁迅的情谊更加深厚一些。这与其说是鲁迅对萧红特殊的关怀与照顾,不如说是鲁迅以他尖锐而深刻的目光与洞察力，发现了萧红身上惊天的创作潜力与写作才华。鲁迅在一开始读到萧红的作品《生死场》时，就给予了很高的赞誉，并主动为其写序言。鲁迅称赞《生死场》道：

"北方人民对于生的坚强、对于死的挣扎。"

鲁迅的评价与关注让当时还只是个普通文学青年的萧红受宠若惊。她甚至给鲁迅写了封信，因为他觉得鲁迅的评价太高，她承受不起，对此，鲁迅专门写了回信说：

"那序文上，有一句'叙事写景，胜于描写人物'，也并不是好话。也可以解作描写人物并不怎么好。因为作序文，也要顾及销路，所以只得说的弯曲一点。至于老'王婆'，我却不觉得怎么鬼气，这样的人物，南方的乡下也常有的。安特来夫的小说，还要写得怕人，我那《药》的末一段，就有些他的影响，比'王婆'鬼气。"

鲁迅非常诚恳地评价了萧红的作品，并且指出了萧红的作品中存在的不足之处，还拿自己的作品举例。

萧红可谓是中国现代文坛上最为闪耀的女作家。她短短的三十多年的生命在文学史上可谓昙花一现，可是却像一颗流星，划亮了女星文坛寂寞的星空。

萧红留下的《生死场》《呼兰河传》《马伯乐》等作品，都是现代文坛上不可多得的经典之作，而且随着对萧红本人及其作品的研究，她的更深更大的价值也被越来越多的挖掘出来。

我们可以这样说，如果不是鲁迅以其巨大的洞察力发现了萧红潜在的才华，如果不是鲁迅对于萧红物质上的扶持和精神上的帮助，如果不是鲁迅一再鼓励萧红创作，就没有萧红后来的成就。试想，如果没有萧红的创作，这对于中国现代文学史来说，是多么巨大的损失。

在萧军和萧红那段昏暗而飘零的日子里，鲁迅用自己枯瘦的手有力的搀扶住了两人，让他们站直了身子，挺起了腰杆，落下了飘荡的心，安稳的生活着。尽管后来也有奔波，可至少在这段时期内，他们是安稳而幸福的，只因为在鲁迅友爱的庇护下，他们寻得了一处可供休憩之地。

如斯友谊，应是万古长青！

郁达夫与林语堂：
扬州旧梦寄语堂

何谓友谊？即使彼此远隔千里，但看到了美好的景色，仍会忍不住和对方分享。潜意识里似乎总是觉得，如果不和志同道合的朋友分享，如此美好的景色，似乎也减少了几分情致。

同样，当心里觉得失望伤心，当感到自己的所见所闻和想象中的存在巨大差距时，那种无法言喻的由理想和现实间的落差带来的难过，也是第一时间想和最亲密的朋友分享。

郁达夫曾写作一篇《扬州旧梦寄语堂》就是向好友林语堂分享自己从上海到扬州时一路的景色与心情。

郁达夫是一位非常著名的爱国主义作家，1921年，他同郭沫若、田汉等人一起成立了创造社，1926年，他又和成仿吾等一群创造社的作家们共同创办了期刊《创造》。

在《创造》的发刊词中，郁达夫描述了创刊的意义：天地若没有合拢来的时候，人生的缺陷，大约是永远地这样的持续过去的吧！我们过去的努力，虽不值得识者的一笑，然而我们的一点真率之情，当为世人所共谅。再出月刊的原因，就是因为：

1. 人世太无聊，或者做一点无聊的工作，也可以慰藉人生于万一。

2. 我们的真情不死，或者将来也可以招聚许多和我们一样的真率的人。

3. 在这一个弱者处处被摧残的社会里，我们若能坚持到底，保持我们弱者的人格，或者也可为天下的无能力者、被压迫者吐一口气。

从这段发刊词中，可以看出郁达夫的性格倾向。他是一个十分真率的人，最讨厌虚假和伪装，在他的小说创作中也是如此。同时他又是一个十分具有爱国感和正义感的人，渴望能凭借自己的努力为弱者争取权利。

1928年，就是在这段发刊词创作后的两年，郁达夫因事来到扬州，从此，在扬州生活了整整七年。

直到1935年，郁达夫才离开扬州，举家迁往杭州，离开的同时他给好友林语堂写了封信，这封名为《扬州旧梦寄语堂》的信又是一篇非常优美动人的散文，全篇记下了郁达夫自己从上海一路到扬州的游踪以及在扬州各景点游玩后的感受，这篇文章1935年初便刊登于《人间世》的第28期上。

自古以来，扬州便是各朝各代文人墨客的喜爱之地，关于写

第四章 心有猛虎，细嗅蔷薇

扬州的诗词，数不胜数。

李白曾经写过关于扬州的诗歌："故人西辞黄鹤楼，烟花三月下扬州。"春风三月，烟花烂漫，正是去扬州的大好时节，踏春郊游，赏湖光山色。

后来杜牧也曾说"十年一觉扬州梦"，可见扬州在文人墨客的心里是怎样一个仿佛神仙居住的优美地方呀！

扬州秀丽的风光让古往今来的人都醉心其中难以忘返，而其中弥漫的六朝金粉气息，楼台舞榭，萤苑迷楼，轻歌曼舞，也都让人沉醉向往不已。而玉树后庭花的遗音也曾让多少人在秦淮河边来回徘徊。

唐宋时期，文人骚客纷纷来到扬州，即使无法来到扬州，满心里充满的也都是对扬州的向往，大有舍天下只留扬州之势。如唐朝诗人罗隐的"君王忍把平陈业，只博雷塘数亩田。"而张祜则更进一步，诗曰："人生只合扬州死，禅智山光好墓田"，天下之大，只有身死葬在扬州才算是死得其所！不可谓不对扬州爱之深切。

这样一个风情万种，风光秀丽的扬州如何不惹人爱呢？即使到现代，喜爱文学的人不免都会有些"扬州情怀"。因此，林语堂想要去扬州游历一番便显得十分能理解了。可是，这在郁达夫看来，却是不可取。

1928年的时候，郁达夫到了扬州，他在这儿一住就是七年。七年的时光里，他看尽了扬州的湖光山色和风土人情，每一处景点、古迹乃至可供游玩观赏的地方，他都踏足过。

在郁达夫看来，此扬州已非彼扬州，它当年令无数文人墨客为之倾倒的热闹风光、旖旎景色已然不再，余下的只有莫名的冷清和衰败。就好像人走茶凉一般，热闹喧嚣过后，只剩下了寂寥与落寞。甚至会让人产生一股阴森森的感觉。

郁达夫在给林语堂的信的开篇，以他在《感伤的旅行》一文中随手作的一首打油诗开篇："乱掷黄金买阿娇，穷来吴市再吹箫。箫声远渡江淮去，吹到扬州廿四桥。这是我在六七年前——记得是1928年的秋天，写那篇《感伤的旅行》时瞎唱出来的歪诗；这一首打油诗的韵脚，是姜白石的那一首'小红唱曲我吹箫'的老调，系凭着了车窗，看看斜阳衰草、残柳芦苇，哼出来的莫名其妙的山歌。"

郁达夫在信中写了他第一次到达扬州的情形，当时的他也是怀着巨大的热情和脑中熟知的所有对扬州的歌颂来到这个地方的。郁达夫不无激动地说："梦想着扬州的两字，在声调上，在历史的意义上，真是如何的艳丽，如何的够使人魂销而魄荡！"

对扬州的渴望让郁达夫一路上都觉得兴奋不已，即使就是到了他最爱的北固山下，他"亦没有心思停留半刻，便匆匆的渡过

第四章 心有猛虎，细嗅蔷薇

了江去。"

然而，令他失望的是，他所见到的扬州，没有丝毫的诗意，更遑论梦中的感觉。简直让他有一种想要落荒而逃的感觉。难道往昔闻名天下的扬州竟然可怕到这种地步了吗？这种落差带来的失望是无法用言语来说清的，郁达夫觉得，还不如不来扬州，这样，心中的扬州，就可以永远活在自己的梦里了。

为了进一步打消林语堂来扬州游玩的想法，郁达夫在信中写了他刚进扬州城时的所见所感："进了城去，果然只见到些狭窄的街道，和低矮的市廛，在一家新开的绿杨大旅社里住定之后，我的扬州好梦，已经醒了一半了。"

才刚进城，梦便醒了一半，余下的一半则在后来的游览中消失殆尽。他晚上虽然去看了热闹的夜市，可是没有瞧见一丁点的灯火辉煌、太平盛世的情况，反而显得清冷。印象中扬州歌舞繁华的景象，杜樊川笔下令人向往的"十年一觉扬州梦"跟眼前所见的似乎完全是两个世界，所以郁达夫感叹道："入睡之前，我原也去逛了一下街市，但是灯烛辉煌，歌喉婉转的太平景象，竟一点儿也没有。"

郁达夫只得将希望寄托在了平山堂和瘦西湖上。

郁达夫在信中不疾不徐地写着，记述着自己一路来游历的扬州各地，所见所闻，将对扬州的所有感想都寄寓在薄薄的纸张之中，让它们翻山越岭，到达友人的手中。

如果其他人见他这样写扬州，把扬州说得如此衰败破落，或许会忍不住讥讽几句，可是作为朋友的林语堂，熟知郁达夫的心性，之所以对扬州如此失望，只怕也是在心中寄寓过高，这才"因爱生恨"吧。即使他无法了解郁达夫的所想，也不会对郁达夫的想法有丝毫的嘲讽之意。

看看郁达夫在游平山堂时的景象："天宁门外的天宁寺，天宁寺后的重宁寺，建筑的确伟大，庙貌也十分的壮丽；可是不知为了什么，寺里不见一个和尚，极好的黄松材料，都断的断，拆的拆了，像许久不经修理的样子。"

在天宁寺中，入目之处皆是一片荒芜，高阁楼层虽然还在，可是连门窗都已不知所踪，往日的风光与草木园林，只能依稀辨出痕迹，连寺僧都不见了。如此萧条之景，不禁给兴致冲冲赶来寻访古迹的郁达夫泼了一瓢冷水。

郁达夫去游玩的时间正好是暮秋，入眼都是肃杀衰败的景物，加上天宁寺的光景又是如此，郁达夫当时心中的失望可想而知。

所以，不难理解，当面对如此荒芜衰败的景象时，郁达夫竟会感觉"满身出了一身冷汗，毛发都倒竖起来了，这一种阴戚戚的冷气，叫我用什么文字来形容呢？"

第四章　心有猛虎，细嗅蔷薇

是啊，即使聪敏如郁达夫，当梦想中的景象和现实的差距是如此之大时，竟也想不到该用何种文字来表达自己当时的心情。

于是他想起鲍照的《芜城赋》来。芜城即今天的扬州，鲍照在游览扬州的时候，看到扬州的破败，荒草离离，房屋破落，回想起往日里扬州的繁华，心有所感，写下了《芜城赋》。

《芜城赋》一文，将扬州昔日的繁华热闹、歌声沸天的景象和今日的破落衰败、杂草丛生的景象对比，其中不乏夸张的渲染和描绘。然而当日扬州的破败景象，实是因为统治者在政治争斗中屠城所致。

而今日郁达夫在游览扬州景象时，竟说了一句："当然颓井废垣，也有一种令人发思古之幽情的美感，所以鲍明远会作出那篇《芜城赋》来；但我去的时候的扬州北郭，实在太荒凉了，荒凉得连感慨都叫人抒发不出。"

郁达夫觉得，自己的所见所感，竟然比鲍照写作的《芜城赋》中的景象还要荒凉，所以，鲍照有感于扬州的荒凉时可以写作《芜城赋》来书愤，而今时今日的自己，见到扬州如此破败的景象，竟然连感慨都抒发不出。可见郁达夫对扬州的失望到了什么程度。

后来郁达夫在观音寺中吃茶时，和仅存的寺僧谈起扬州何以会变成如今的样子时才明白，这几年"兵去则匪至，匪去则兵来"，所以佛寺中几乎不敢住人，僧人们要么逃走了，要么住在城外，不敢住在寺里，那么，天宁寺衰败成如此模样，也就不令人感到奇怪了。

可在郁达夫的内心之中，他对扬州实在是爱的深切，所以后来他又多次寻访其他的地方，希望可以挽回一点扬州在自己心中的模样。

他又去了瘦西湖，终于，瘦西湖并不像之前的那些景物一样，让他如此失望了。他终于窥见了一点扬州的好处。虽然瘦西湖周围的寺院也都破落不堪，但自然景物还是美的。郁达夫也非常客观的描绘了瘦西湖的美：

"瘦西湖的好处，全在水树的交映，与游程的曲折；秋柳影下，有红蓼青萍，散浮在水面，扁舟擦过，还听得见水草的鸣声，似在暗泣。而几个弯儿一绕，水面阔了，猛然间闯入眼来的，就是那一座有五个整齐金碧的亭子排立着的白石平桥，比金鳌玉䗫，虽则短些，可是东方建筑的古典趣味，却完全荟萃在这一座桥，这五个亭上。"

然而更令人赏心悦目的还有瘦西湖上的小金山五亭桥和姿态

第四章 心有猛虎,细嗅蔷薇

优美的船娘。

> "还有船娘的姿势,也很优美;用以撑船的,是一根竹竿,使劲一撑,竹竿一弯,同时身体靠上去着力,臂部腰部的曲线,和竹竿的线条,配合得异常匀称,异常复杂。"

看到了瘦西湖的美以及船娘姿势的优美,郁达夫终于找回了一点游览扬州的兴致。他若有余味的说,如果能够在春天的傍晚,小雨淅淅沥沥而下,花钱雇着一个容颜秀丽的船娘,带着一壶酒、一壶茶,就这样在瘦西湖上游览半日,应该也是一件十分令人心悦的事情吧。

后来,在船娘的带领下,郁达夫还去游览了史公祠,虽然没有什么好看的地方,但想到史可法的忠肝义胆,不禁也会觉得心潮澎湃,他情不自禁地唱了一首山歌:

> 三百年来土一丘,史公遗爱满扬州;
> 二分明月千行泪,并作梅花岭下秋。

写到这,大概可以结束这篇文章了。因为同为好友,郁达夫也深知，自己的兴趣喜欢和林语堂相去不远，自己都觉得颓废的扬州，林语堂又怎么会再充满兴趣非来不可呢？

所谓好友，便是能够在兴趣上也做到相知。何况，郁达夫在信中娓娓道来，信笔叙述，就如同是正在和林语堂挑灯夜谈一般，把扬州如今的景象展现在他面前，充满了友人之间特有的笔调和情趣以及随意闲适。

可毕竟不是亲眼所见，郁达夫还是有点担心林语堂不会这么轻易放弃游览扬州的想法，毕竟作为相交多年的老友，郁达夫太过了解林语堂了，太过了解扬州对林语堂来说是怎样一个梦幻之地，所以他说："但我还想加上一个总结，以醒醒你的骑鹤下扬州的迷梦。"

于是在信的最后，郁达夫又根据自己的知识以及在扬州的所见所感给林语堂解释了一番，为何近些年来扬州会衰败如此。

首先他先简单地说明了为何扬州会如此繁华。因为从古代开始，扬州这个地方，一直是沟通中国的南方和北方交通的要道。从唐朝开始，一直到清朝，扬州都是商业的集中地，很多贵族也都在这里云集，由此也就有了很多的婢妾和烟花女子，所以杜牧之说"十年一觉扬州梦，赢得青楼薄幸名"。

扬州也因此慢慢变得富有，加上景色秀丽，美女如云，所以吸引了大批人前来一观其貌。徐凝说得好"天下三分明月夜，二

第四章　心有猛虎，细嗅蔷薇

分无赖是扬州"。

但是近代以来，扬州确实慢慢地衰落了，用郁达夫在信中的话说就是：

> "铁路开后，扬州就一落千丈萧条到了极点。从前的运使、河督之类，现在也已经驻上了别处；殷实商户，巨富乡绅，自然也分迁到了上海或天津等洋大人的保护之区，故而目下的扬州只剩了一个历史上的剥制的虚壳，内容便什么也没有了。"

言下之意在说，看吧，并非是我有意诳你，不让你游扬州，实在是真没有游扬州的必要，这里的人都搬的搬，走的走，扬州只有一座萧条的空壳了，你再去那儿寻梦，岂不是寻不到么？因为铁路的开通使得扬州早已不是从前的交通要道，而退化成了一座再普通不过的城市，那么扬州慢慢衰落下来也是必然的事情了。

虽然信中是一本正经的文字，可是读来却显得趣味盎然，同时也不得不让人感叹郁达夫和林语堂感情之深厚。

郁达夫最后在信中写道：

> "扬州之美,美在各种的名字,如绿杨村、廿四桥、杏花村舍、邗上农桑、尺五楼、一粟庵等;可是你若辛辛苦苦,寻到了这些最风雅也没有的名称的地方,也许只有一条断石,或半间泥房,或者简直连一条断石、半间泥房都没有的。"

扬州最美的地方是它各种景物的名字。可是真到这些地方去一瞧,或许真的只有一条断石或什么都没有,徒留给自己一声嗟嘘长叹,甚至断了在书中看到的那些关于扬州的美好幻想。

郁达夫还在信中举了张岱所作《西湖梦寻》的例子:

> "张陶庵有一册书,叫作《西湖梦寻》,是说往日的西湖如何可爱,现在却不对了,可是你若到扬州去寻梦,那恐怕要比现在的西湖还更不如。"

林语堂也曾因杭州的破败而不敢游杭,郁达夫深深地了解林语堂的这种想法,所以,在这封信的末尾,只得在最后再下一剂猛药,说林语堂"你既不敢游杭,我劝你也不必游扬,还是在上海梦里想象欧阳公的平山堂,王阮亭的红桥,《桃花扇》里的史阁部,《红楼梦》里的林如海以及盐商的别墅,乡宦的妖姬,倒来得好些。枕上的卢生，若长不醒，岂非快事。一遇现实，那里还有Dichtung呢！"

文章到这里，也许有人就会觉得郁达夫多管闲事了，林语堂既然喜欢到扬州来游览，你又何必推三阻四，甚至专门写了这么长一封信去阻挡人家到扬州游览，如果扬州真如你说的那样，给人荒凉破败之感，那么林语堂游玩之后，大不了以后不再来就是了，又何须你一味地劝说与阻挡呢？

如果有这么想的人，那实在是不了解友情的细腻与可贵。我们无数次说过，友情最难能可贵的地方，就是彼此懂得，彼此心意相通，郁达夫怀着对扬州的无限渴望与仰慕来到了这里，看到的，却是一幕幕残败的景象，这使他失望至极，甚至都找不出什么言语来描写自己失望的心情。

郁达夫眼中的如今的扬州，甚至比鲍照《芜城赋》里的扬州还要荒凉，还要破败，在经历了如此大的梦想与现实间的落差后，他又怎能让自己的挚友林语堂也经历这样大的落差呢？

郁达夫深知，同为文人的林语堂，对扬州是怎样的向往，林语堂对扬州的向往，比自己对扬州的向往甚至来的还要浓烈。毕竟，扬州这个地方，在经过历史上这么多文人墨客的歌咏之后，它对于文人的意义，已绝不仅仅是美景胜地的意义这么单纯了。

所以，郁达夫用了这么长的篇幅来写作自己由对扬州的无比向往到到达扬州参观了扬州一些著名景点之后的无比失望。甚至在写完之后，还加上了长长的几段来描写扬州繁荣的原因和如今破败的原因。

最后，他还苦口婆心的劝告林语堂，一定不要来扬州，就让他心中的扬州，那个有着宋代欧阳修的平山堂的扬州、有着王阮亭红桥的扬州，那个《桃花扇》里描写过的扬州，那个在《红楼梦》里黛玉的父亲林如海逝世的扬州，一直在他心里存留吧。

郁达夫希望，林语堂能够像黄粱美梦里的卢生，怀揣着对扬州的向往，但不要亲自到扬州来考证扬州是否真如想象中的那样，而是把自己想象中的扬州小心的珍藏在心中那个叫扬州的梦里，一梦不醒。

遗憾的是，林语堂收到郁达夫的信后，并不是十分理解郁达夫的"苦口婆心"。

而且根据林语堂最后给郁达夫的一封回信来看，郁达夫还是没能成功地让好友打消游扬州的想法。

可能是因为心中的扬州梦实在太美，所以林语堂并不相信扬州会像郁达夫描写的那样破败不堪。

在给郁达夫的回信中，林语堂甚至猜测郁达夫是不是因为盘缠不够或者夫人不准许的问题而不愿意和他一起游览扬州，但林语堂在信中坚决地表明了，扬州，他却是非去不可的，即使是一

第四章　心有猛虎，细嗅蔷薇

个人也要去！

似乎，郁达夫这次没有算准好友的决定。可不管如何，在这封满是游记的信件中，我们总能够品味出郁达夫和林语堂两人间不同寻常的友谊，两人既是因才华而惺惺相惜，也是因志同道合而相知相交。

正是因为这样，所以后来郁达夫遇害后，林语堂才伤心不已吧。

叶圣陶与陈竹隐：
瞻对遗影，伤怀何极

民国，可以说是一个乱世了。那个时候，内忧外患，局势动荡，太多的人东奔西窜，渴望在战乱中寻到自己的位置，却总也找不到一个安憩之地。

尤其对于民国的文人来说，满腹才华无处施展，却又不愿像蝼蚁一样苟活，他们迷茫，他们苦闷，他们愤激，可是，他们也只能继续前进，在一次次摸索中既寻求国家的出路，也探寻人生的意义。

在这样的人生悲凉下，饱尝世间冷暖的他们，如果说还有什么是值得开心值得期许的，那就是彼此之间纯净如秋水般的友谊了。

尤其是志同道合的友谊更加难能可贵。在友人面前，他们可以不用隐藏自己，可以宣泄自己的情绪，而不是把所有的愁闷都闷在胸腔中。当然，他们也可以一起努力，尽管身在乱世，也相互扶持去追寻理想。

第四章　心有猛虎，细嗅蔷薇

一如叶圣陶与朱自清几十年如一日的友谊。

即使几十年后，朱自清去世，叶圣陶仍写信给朱自清的妻子，细心地安排朱自清的后事，使他的妻子幼儿不至于为难。

虽然是写信给陈竹隐，但表现的却是叶圣陶和朱自清之间跨越时间、甚至跨越生死的友谊。

1921年的秋天，朱自清和叶圣陶两人开始在上海认识，后来，朱自清在《我所见的叶圣陶》中回忆了他们初识的往事。

那时候，战乱频繁，朱自清到了吴淞炮台中国公学去任职，当时就有朋友告诉他，叶圣陶在这里。这时候的朱自清对叶圣陶早已闻名，因为叶圣陶当时在文坛上已经很有名气了。

叶圣陶从1917年接受了新文学的思潮后，就恍然明白，文言文虽然是中国传承了千年的书面用语，但在现在的时代潮流下，文言文已经不能再继续向前发展了。它终究会被白话文取代，而静静地沉淀为历史文字。

领悟到这一点后，他立即停止了文言文小说的写作，而将全部的精力投入到了白话文的创作中去。

当时他已经发表有小说《这也是一个人？》、诗歌《春雨》等著作。但在与朱自清见面时，叶圣陶的白话创作还没有成熟，所以朱自清熟悉的仍是他的文言小说的创作，但这并没有影响朱自清对叶圣陶的仰慕之情，他殷勤的询问周围的朋友，叶圣陶是一个怎样的人。当友人向他开玩笑说叶圣陶是位老先生时,朱自清非常的诧异。

不久,朱自清与叶圣陶就见面了,这一次见面,其实只是再普通不过的一次会面,两人也没有谈论太多。朱自清也自然不会想到,就是这次见面,为他和叶圣陶搭起了友谊的长桥,眼前的这个人,会是自己一生患难与共的挚友。

但在当时,两人都是初见生人而没有太多话可以说的人,所以第一次见面的时候,两人话都很少,只是简单的交流了下工作上的情况,稍微聊了聊文学的话题。

那时,朱自清刚从扬州去往上海的中国公学教书,他也并没有预料到自己会在那儿碰到叶圣陶。

朱自清之前看过不少叶圣陶的小说,却从未见过叶圣陶,也不知道叶圣陶是个怎样的人,所以当别人介绍叶圣陶给他认识,还说叶圣陶是个"老头"的时候,朱自清讶异极了,他可没想过叶圣陶会是个"小老头",只是后来见面后,才知道自己被骗了。

叶圣陶其实也才二十八岁,正值青年,只是沉稳的性格和朴素的着装让他看起来颇为的老成。

此后,这一相交便是近三十年,直到1948年8月12日朱自清去世。

第四章　心有猛虎，细嗅蔷薇

当两人共同在中国公学任教的时候，突然闹起了学潮，为了平息学潮，朱自清采取了一个非常强硬的办法，当然，朱自清在后来回忆他与叶圣陶的交往时，并没有明确说明这是个什么方法，因此，我们现在也不得而知。

朱自清原本以为，叶圣陶定然不会赞同这个方法，出人意料的是，虽然很多人不怎么支持，但叶圣陶竟然对这个方法表示支持。

可惜的是，朱自清的方法并没有取得太大的成果，于是，当时参与支持的人只好到上海去避一避。

也算是因祸得福吧，正是在上海的这段时间，让朱自清和叶圣陶真正熟悉起来。从而建立了一生的友谊。

叶圣陶的谦虚、博学、平易近人，既吸引了朱自清，也让当时所有的人都对他产生好感。而叶圣陶的这种性格是天性使然，而并非是由于经历的事情甚至是伪装造成的。

对于二人的交往，还有一个小小的插曲。

当两人从上海回到中国公学时，叶圣陶把自己细心保存的有自己文章的《晨报》拿给了朱自清看，结果被朱自清给弄丢了，当时朱自清并不知道叶圣陶的文章，他自己是不存底稿的，后来知道了，朱自清感到十分惭愧。而叶圣陶也只是不无可惜地说"由他去末哉，由他去末哉！"

十二年一个轮回，几年间便可物是人非。可是，在叶圣陶和朱自清两人的身上丝毫看不到这点，他们的友情反而在时光的打磨下愈发的深厚和坚定。

在两人相识的那年11月，朱自清便被调到了杭州的第一师范去任教，因此不得不离开上海，这让朱自清非常的不舍，彼时，他和叶圣陶已经是非常要好的朋友了，而这次的任职让他和叶圣陶在短暂的相识后就要面对离别。

但是人生总是有离别的。从古至今，情人间的离别，友人间的离别，亲人间的离别，师生间的离别，无不令人肝肠寸断，可是，面对离别，我们却又无可奈何，尤其是在乱世，颠沛流离的漂泊中，离别是最让人痛心不已也无可奈何的事。

可这次，大出朱自清的意料的是，他到杭州不久，校方便让他邀请叶圣陶也来学校，于是他就给叶圣陶写了一封信，不久之后，叶圣陶也来到了杭州。

尽管当时已是冬天，可是叶圣陶依旧兴致勃勃，他在给朱自清的回信中写道：

"我们要痛痛快快游西湖，不管这是冬天。"

如果不是看重这份友谊，如果不是珍视这份感情，叶圣陶

第四章　心有猛虎，细嗅蔷薇

又怎会在大冬天远离上海而奔赴杭州，只为赴朱自清的这场邀约呢？如果不是看重这份友谊，十一月的寒冬，叶圣陶怎么又会如此兴奋地说："不管这是冬天"。

试想，能够和志同道合的好友在"上有天堂，下有苏杭"的杭州游玩，一边观赏景色，一边吟诗作对、畅谈文学，这是多么大的精神享受啊，尤其是对于文人而言，这样的美好约会，哪怕一生只有几次，也就不枉了彼此相知一场。

叶圣陶到达杭州的时候，是朱自清亲自去接的他。因为这时，朱自清对于叶圣陶已经非常了解了。他知道，叶圣陶虽然是个沉默寡言的人，但是却极不喜欢孤单。果然，来到杭州的叶圣陶，马上就提议和朱自清住同一件屋子，朱自清也欣然同意，这样两个人就可以常常做伴了。

这真的让在乱世中不能相见的朋友羡慕不已。

叶圣陶平时，既创作小说也创作童话。从这个角度来说，他是带有一点天真性情的，而他本人确实也最反对形式主义，当朱自清邀请他去回访学校当局以示礼貌时，他立刻便皱起了眉头，说："一定要去么？等一天吧。"

然而这终究只是他的推脱之辞，他一直没有去看过学校当局。

叶圣陶还是个非常恋家的人，他平日的衣着服装，也都是家人收拾着。来到杭州后,虽然有挚友朱自清日日陪伴,但实在想家的他,待了两个月就匆匆回去了。

尽管只在杭州待了两个月,但由于好友的陪伴,也是因为叶圣陶正处于创作的旺盛期,这段时间叶圣陶创作了很多作品,他的童话集《稻草人》中的《大嗓咙》就是在这时候创作的。

叶圣陶是个非常有童心的人,所以他创作了很多的童话,叶圣陶可以说是中国童话的先导了。而且他所创作的童话集《稻草人》是新中国成立以来第一部专门为儿童写作的童话集。他向小孩子们展现了劳动人民的苦难生活。深受儿童喜爱。

《稻草人》出版并获得较大成功后,叶圣陶并没有止步,而是在童话创作的道路上越走越远,不久,他又创作了一部童话集,叫作《古代英雄的石像》,这部童话集也受到了很大的好评,尤其是受到了儿童的喜爱,这部童话集想要讲的是劳动人民团结在一起反抗强暴的故事。

从叶圣陶的童话创作中我们大概就能了解叶圣陶的为人。他可以说是一个具有"赤子之心"的人,在他心里,战乱纷争和动荡局势都被推到了幕后,他更关注的是自己的理想与事业,他用心去发掘人世间的真善美。

叶圣陶用一颗最真挚纯洁的心来写作,投身于中国的教育事业,为青少年的成长做出自己最大的努力。

第四章 心有猛虎,细嗅蔷薇

关于叶圣陶名字的由来也有个小故事。

叶圣陶原来的名字叫作叶绍钧,他不满意这个名字,在刚入小学时,便请求老师章伯寅给他取一个显示出他爱国的名字。虽然那时的叶圣陶只有十二岁,但也早已立志做一个爱国者了。

老师章伯寅对这个孩子的志向非常赞赏,也欣然答应为他取名字。刚开始,老师给他取名"秉臣"有"秉国之钧"之意,叶圣陶同意了老师的看法,可是第二天一早,他就又找到老师说,现在皇帝已经被打倒了,我可不能再做臣子了,请老师给我换个名字吧。

章伯寅很喜欢这个十二岁的孩童,当即又给他换了一个名字,也就是叶圣陶以后用了一辈子的名字:圣陶,取自"圣人陶钧万物",当时的小叶圣陶对这个名字非常满意。

后来他发表自己的第一篇文言小说《玻璃窗内之画像》时,便采用了这个名字。

叶圣陶后来专心创作白话小说,取得了非常高的艺术成就。他描写灰色人生,现实主义精神表现得非常明显。叶圣陶用十分锐利深刻的目光,审视着中国大地上那些被侮辱、被遗忘、被损害的群众,尽管他内心对他们充满着悲悯,但在写作时却不动声色,仿佛自己只是一个观察者,冷静的描述着这些人们的命运。

不过,叶圣陶所处的社会,也注定了会存在着这样的人物,只不过叶圣陶把他们展现在了世人面前,而叶圣陶本人也受这动荡不安的社会影响,生活一直不能安定。

国内局势越来越糟糕,叶圣陶和朱自清两人也是几经辗转,在各地不断奔波。

后来叶圣陶在1924年进入了上海商务印书馆后就在上海定居下来,生活总算是暂时安稳了,可是朱自清依旧还在为生活而忙碌,他先后去过长沙和昆明,在不同的地方教书。

两人虽相隔两地,却是书信不断,互通有无。朱自清更是每次路过上海时,都会在叶圣陶家中住下。

他们之间没有深情的话语,有的只是在困境中的相互扶持,默默渡过难关,他们的友谊不像彩虹艳丽,不如花儿娇美,更像沉默的大山与古树,默默无言。但正是这样的友谊,才显出它的可贵。

直到1932年,朱自清从英国留学回来仍在清华大学教学后,这才稳定下来,不用再四处奔波。但随着时局的紧张,朱自清的生活开始陷入了困顿当中,加上他身体抱病,生命的最后一段时间一直在贫病交加的糟糕状况中度过。

1927年,朱自清带着家人去往北京,路过上海时,有很多挚友为他践行,这其中就包括叶圣陶。筵席散了后,朱自清和叶圣陶单独去散步聊天,他们一起欣赏美丽的上海夜景,虽然想到第二天的离别,仍会不免惆怅,但还是非常珍惜相聚的日子。

第二天的时候,朱自清便继续登船北上了。

1928年,朱自清的第一本散文集出版了。这本名为《背影》的散文集集中了朱自清描写个人真实的见闻和真切的感受的文章,朱自清将这些见闻和感受以非常平淡朴素、不加修饰的文字写出来,既形成了自己的独特风格,又受到了广泛的好评。

在《背影》这本散文集中,有一篇和集子同名的散文《背影》深受好评。这篇散文是叙述自己去北京上大学时,父亲亲自送他去上车,照料好一切小事,并主动去替他买橘子的事情。

父亲爬上月台替朱自清买橘子的背影是朱自清念念不忘的,后来有一天,有感而发,写下了这篇流传后世的文章。

1929年,朱自清的妇人武钟谦去世了,朱自清非常的悲痛,很长一段时间内都无法从伤痛中走出来。他痛苦地呐喊着:"短短十二年里,你操的心比人家一辈子还多,谦,你那样的身子怎么经得住。"

这段时间,是叶圣陶一直不停地写信安慰他、鼓励他从悲痛中走出来。朱自清为叶圣陶的劝慰感动,慢慢地开始研读叶圣陶的小说。

1930年7月,朱自清发表了《叶圣陶的短篇小说》一文,对叶圣陶的小说以及叶圣陶本人都给予了非常高也非常中肯的评价。朱自清认为叶圣陶的小说是可以和鲁迅的小说相提并论的。

叶圣陶看到这篇文章后,觉得十分惶恐,忙解释朱自清是夸大了他,因为朱自清跟他是非常好的朋友所以才会一味地夸奖他。

1931年,朱自清去了英伦留学,在这期间,他创作了两本游记,《欧游杂记》和《伦达杂记》,这两本游记写了欧洲和苏俄的一些情况,是朱自清漫游欧洲的结果。虽然并没有进行非常深刻的探讨与分析,但还是一定程度上让国内的青年了解了欧洲的一些基本情况。

1932年7月,朱自清回国,与陈竹隐结婚。这件事最高兴的无疑就是叶圣陶了。自朱自清的夫人去世后,叶圣陶每每想起,都会为朱自清一个人孤苦伶仃的生活而感到难过,这下,他终于放心啦。

朱自清回国后不久又回到了清华任职,本以为这次可以安安静静地教书终老,可是动荡的年代又岂肯给他一席安稳之地?

来到清华后的朱自清,并不是安心教书,而是积极参加学生运动,参加遇难爱国人士如闻一多、李公朴的追悼会,向当局做报告等,朱自清并不怕自己会向闻一多一样遭受到暗害,他只怕在这个动乱的年代,无法为他挚爱的国家、为他挚爱的学生,拼尽所有的力气。

第四章　心有猛虎，细嗅蔷薇

自朱自清和叶圣陶相识，两人就丝毫没有"文人相轻"的意思，反而惺惺相惜，彼此敬仰。

叶圣陶每次写出小说和童话，必定先给朱自清阅读一番。朱自清后来的《背影》等文章也是通过叶圣陶之手在开明书店出版，两人更是合编了《文史教学》等杂志。

这样的友谊，是那个动乱的年代里，是一道十分靓丽的风景。

1946年，朱自清和众友一起整理闻一多先生的作品，打算出一套《闻一多全集》，这时美国为了扶持日本，给中国人发放救济粮，朱自清坚决签署了《抗议美国抗日政策并拒绝领取美援面粉宣言》。

1948年，朱自清在身体每况愈下的情况下依旧拒绝购买美国面粉，从而陷入更加贫困交加的境地。

1948年8月6日朱自清做了胃部手术，十日后出现尿毒症的状况。

两日后，即1948年8月12日，朱自清在京逝世。

朱自清也因此获得了毛主席"朱自清宁可饿死，不领美国的救济粮"的称誉。

闻得朱自清因病去世后的消息，叶圣陶痛不欲生，几乎不能相信这是真的，毕竟他的挚友只有五十岁啊，正是为国家做贡献的时候，可是不管叶圣陶相不相信，朱自清确实是去世了。

一时间，过去与朱自清交往的种种场面都浮上脑海，他们一起畅游西湖，一起工作，一起在灯下写作，一起阅读彼此的文章，一起欣赏上海美丽的夜景，即使后来分开，每次经过对方所在的城市，再繁忙也会抽出时间来见面……这一幕幕往事仿佛昨天发生的一样清晰、新鲜，然而那个与自己纵情长谈的人，却永远的从这个世界上消失了。

朱自清最后参与学生运动、参与《闻一多全集》的整理工作的时候，叶圣陶也辗转各地，一边在各个大学教书育人，一边加入中华全国文艺界抗敌协会，并成了他们的领导成员之一，每时每刻都在为抗日救亡活动而努力。也是因为如此，叶圣陶没来得及见到朱自清最后一面。

在朱自清去世后，叶圣陶参加了朱自清的追悼会并致辞，可是，这一切都只是在提醒着他，他失去了一个挚友，以后再也不能深夜喝酒后走在寂寥的大街上，然后放声朗诵诗歌了……

但毕竟，逝者已矣，生者应该继续生活。因此，不久后，他便给朱自清的夫人陈竹隐写下了一封信，叶圣陶深深地知道，现在不是悲伤的时候，他需要帮助处理好好友生前未完成的事情，还需要帮助好友出版一套属于他自己的全集。

陈竹隐是朱自清的夫人，两人感情一直很好。他们是在1930

年8月时，经朋友浦侗、叶公超两人介绍在北平的陶然亭酒楼与朱自清首次见面相识的。

后来陈竹隐在《忆朱自清》一文中，详细地描述了她和朱自清的初次见面：

> "他身材不高，白白的脸上戴着一副眼镜，显得文雅正气，但脚上却穿着一双老式的双梁子布鞋，又显得有一些土气。我很敬佩他，以后他给我来信，我也回信，于是我们便开始交往了。"

在叶圣陶给陈竹隐的信中，一开始并不是充分地表达自己的悲伤，而是和陈竹隐就出朱自清全集一事进行客观的讨论：

> "照片已从杲苹处得两帧，今又承寄示两帧，皆已铸成铜版，备刊于杂志，并供将来全集之用。两帧即附此书奉还。"

因为这时候，叶圣陶深深地明白，与其白白悲伤，不如先打起精神帮助朱自清处理好身后事宜。这也许是他能够为自己的挚友所做的最后的事，只有这样，才不枉了他们一生的相交，只有这样,朱自清才能走得安心。

叶圣陶在信中就为朱自清出全集一事与陈竹隐商量:

> "此间之意,亦颇欲继'闻集'之后,将佩兄全集早行问世。……启事一则,代爱大公报一天,第一版必须长行,价贵,未曾如命。此广告连前讣闻之刊费,暂记于佩兄版税账上,后日扣除。附上广告费收据两纸,乞台察。领谢贴亦未印,缘经手之赙仪不多,除开明诸友外,不过三数人耳,印成亦无从分发。"

在信中,似乎丝毫看不到有关对朱自清怀想和思念之情的句子,只有一些工作上的问题的处理和安排。可是透过纸张,却能体会到,叶圣陶是在怎样的压抑住了自己的悲伤之情后写下了这封"公事公办"处理朱自清遗留下来问题的信。

叶圣陶在信中还说到了朱自清去世前不久与他的交往:

> "与佩兄成都一别,以为重逢必不远,前月致书,且曾询其暑中宴否南来,不意其永不得再见也。睹时遗影,伤怀何极。募捐一事,因辰伯先生来书中

第四章　心有猛虎，细嗅蔷薇

言之，故就签书亦有提及。今读来示，通达之至，深表钦敬，此举自以不谈为宜。国文读本之事，良感疚心，不知以何姻缘，今年忽以此事相烦佩兄，虽未尝加以催促，而佩兄必因是而增其劳困。"

其实叶圣陶给陈竹隐的这封信中，主要是讨论工作上的事，如何给叶圣陶出全集，如何把稿费给陈竹隐母子还有朱自清葬礼的一些事。唯独这一段的前两句，可能是叶圣陶实在压抑不住自己的情绪了吧。

想当初，他与朱自清分别，当时心里想着重逢的日子一定不会远，朱自清去世前不久，叶圣陶还写信给他，问他要不要去南方，这样他们见面也方便，可是令叶圣陶没想到的是，当初那一别，竟成永别。叶圣陶甚至陷入了深深的自责中，自己拜托朱自清的事，肯定是让他增加了烦困了，这让人不由得想起韩愈的《祭十二郎文》。韩愈在极其悲痛之下，竟然喊出了"吾行负神明，而使汝夭；不孝不慈，而不能与汝相养以生，相守以死。"的话来自责自己。

朱自清也好，韩愈也好，都用这种方式表达自己内心难以言喻的巨大悲痛。

可是叶圣陶终究是克制了自己的悲痛，只是用了一句"瞻对遗影，伤怀何极"来收住自己的感情。虽然只是简单的八个字，我们却可以从中体会到那是一种怎样痛入骨髓的思念。

在信中，叶圣陶从朱自清的募捐说到了因自己让朱自清校对国文读本而让他负累深感愧疚，又说到了朱自清的全集，事无巨细，点点滴滴。

朱自清去世后，只留下孀妻和年幼的孩子，生活本就困顿贫穷，此时更显得拮据。孤儿寡母往后的生活便也就成了一个问题。

作为朱自清生前的挚友，叶圣陶自然也看到了这点，故他在信中开始给陈竹隐做好了安排，他将负责出版朱自清的全集，他在信中写道：

> "至于全集，尊见皆极是。全集与单行本自宜并行。版权当然归家属所有。版税支付办法，开明现新定一次支付，即每版印若干部，出版时即一次付清。
> "又，既已登报，亦复可已。迩近擅专，尚希原恕。经手之赙仪约一亿五六千万元，明日收齐，仍托北平分店划上，先此奉达。匆匆不尽，即颂近安。"

全集的出版对此时的陈竹隐来说，无疑是雪中送炭，让她

第四章　心有猛虎，细嗅蔷薇

能安然地度过这段悲痛的时间而不至于再为自己和孩子们的生计发愁。

作为朋友，叶圣陶是细心的，他为陈竹隐操劳和安排着他尽可能做到的事情，免去了她的很多忧心。同时，他又是极为真挚的，他能为生前好友默默地处理各项事情却毫无抱怨之心，反而似是极为平常之事，这份宽广的胸怀便就是常人所难企及。

信虽是写给朱自清的夫人陈竹隐，却能从字里行间体会到叶圣陶对朱自清的那份深厚友谊。生前是好友，死后亦为挚友。

第五章

灯火星星，人生杳杳，
歌不尽乱世烽火

傅斯年与陈寅恪：
我国最有希望的读书种子

如果有一种友情可以被称作"伟大的友情"，那么一定是陈寅恪与傅斯年之间的友情。

一个是"三百年来一大师"，一个是"人间最稀有的一个天才"，当陈寅恪与傅斯年相遇，便奏出了中国现代学术上最动听的乐章。古人有闻弦而知心，陈寅恪与傅斯年则是携手共谱华章，相互砥砺，在学术之途上肝胆相照，共历风雨。

如果说民国时候其余文人之间的相交，是心灵之间的沟通，灵魂间的交流，那么陈寅恪与傅斯年则是为做同一大事的相交，他们志同道合，都立志兴复中国汉学，从这个层面上来看，他俩的友情，似乎又更胜一筹了。

陈寅恪和傅斯年相识在1915年的春天，当时，傅斯年正在北大预科班读书，而陈寅恪也正是刚从德国留学回来不久，两人由陈寅恪的弟弟陈登恪介绍认识。但由于这次的相识比较普通，只是一次简单的见面而已，所以两人并没有太多的留意，也没有预

高山流水遇知音

料到几年后两人竟然会在异国他乡再次相逢,自然,他们也不会知道,两人以后将会携手为兴复汉学而努力。

1923年的秋天,傅斯年离开英国去德国的柏林大学学习。在这里,他意外的碰到同样正在这里学习的陈寅恪,异国他乡遇到同胞,再加上两人原本相识,这是怎样的缘分!两人都因此感到异常的兴奋,这次相遇后,两人便经常联系。

随着交往的深入,傅斯年渐渐发现了在陈寅恪身上蕴含的惊天的才华,陈寅恪的学识,他对历史的看法与熟悉,无一不让傅斯年诚心拜服。

在陈寅恪的影响下,傅斯年开始将学习的方向转变到了比较文学语言和东方语言这一块上来,两人相互促进学习,在学术之道上有了首次的默契与合作。

在德国的柏林大学,一代大师陈寅恪与傅斯年共同度过了四年美好的学习时光,在这段时间里,他们两个生活上相互照应关怀,更重要的是,学术上相互研究探讨。

后来,两人相继回国,但回国后两人一南一北,接触并不多,陈寅恪在清华大学任教,更是成为清华"四大导师"之一,享誉天下,而傅斯年则在中山大学担任教学,重新开创了南方的学术风气,被誉为"人间最稀有的一个天才"。

后来两人再次在学术上合作是在1928年。

第五章 灯火星星，人生杳杳，歌不尽乱世烽火

1928年时，傅斯年领命创办中央研究院历史语言研究所，彼时，他也辞去了中山大学的职位，中央研究院历史语言研究所创办之初，傅斯年就明确的表示要与日本以及法国的汉学一较高下，并定下了要将汉学的研究中心从日本、法国转移到中国来的目标。

目标有了，接下来就是行动。凭傅斯年一人之力毕竟不够，此时正是需要大量的优质人才和学者的时候。这时候傅斯年第一个想到的就是陈寅恪。

早在德国留学时，傅斯年便对陈寅恪的学术研究能力表示了极大的肯定，傅斯年曾向自己的好友毛子水称赞说："在德国有两位留学生是我国最有希望的读书种子：一是陈寅恪，一是俞大维"。1928年9月20日时，傅斯年正式给陈寅恪写信，希望将陈寅恪请到研究所，共同编辑和整理汉学史学资料。

陈寅恪同意了该聘请。于是，时隔多年，两位学术界的巨人又重新走到了一起，这是历史性的合作，这一次，他们将走得更远。

两人开始合作后，陈寅恪不能马上赶到傅斯年创办的历史语言研究所，所以一开始，他们只是书信往来商量如何更好地发展历史语言研究所。

首先，傅斯年通过书信往来和陈寅恪商议购买内阁大库档案

的事宜，后在1928年10月至1929年5月期间，陈寅恪多次写信给傅斯年商议研究所在北平分所地址的事情，根据傅斯年在信中的指示，在原拟划拨的故宫博物馆的房屋索之未得之后，陈寅恪看中了北海静心斋的一处房屋，但是直到3月，历史语言研究所分所房屋的问题依旧还是没能解决好。

于是，陈寅恪又给傅斯年寄去了一封信。在信中，陈寅恪主要向傅斯年说明了两件事情，一个是寄存在天津一处房屋内部分档案的问题，另一个则是关于研究所在北平的分址问题。

信中，陈寅恪这样说道：

"前日送交李木斋一万，既已收款，即已购定矣。李即欲将物交付，因天津一部分存寄档案，房屋之主人欲索还屋，故李亦急于卖去，免再觅屋之烦。此乃李之内情，弟前日方由彼处得知者。其中有一部分为罗叔蕴所清出即印出之史料，然极少数，其余必未打开清理。此档案中，宋版书成册者，大约在历史博物馆时为教育部人所窃，归罗再归李，以后则尚无有意的偷盗，因其势有所不可。李据实告弟，谓只开过两包，故此节不甚可虑。又我辈重在档案中之史料，与彼辈异趣，我以为宝，彼以为无用之物也。但

第五章　灯火星星，人生杳杳，歌不尽乱世烽火

> 房屋未免妥，竟无法收受此桩档案。前次所拨之屋已不甚好，然窘不能成。此事非蔡先生出力与兄来此不可。前次一纸空电，竟未发生效力，故宫博物院之房屋，易寅村尚不肯给，其余较佳之处，大约需蔡先生与阎锡山、商震辈交涉，然后方能得之也。"

展信读来，陈寅恪皆是在平道来购买内阁大库档案的事情。虽是语句平淡，可是从中却能深深的体味到陈寅恪内心的一种焦灼之感，这种焦灼的感觉源自于对历史档案的珍惜，对学术，对史学研究的热爱和专注。

也许，陈寅恪就是为做学问而来，他被称为"三百年来一大师"，他的学识与修养，令当时最有名望的大学者也叹服不已。不管他经历了怎样的痛苦与灾难，内心对学术的热爱与激情一直激励着他往前走下去，即使生活陷入绝境时，他也没有一刻放下手中的笔。

那些故纸堆里的史料，对大部分人来说，没有任何意义，对陈寅恪来说，却是千金不换的宝物。就如他在信中所言："我辈重在档案中之史料，与彼辈异趣，我以为宝，彼以为无用之物也。"

后来，内阁大库中的历史档案和资料终于被他们买下来了，

虽然损失了不少，但好在大部分还是幸免于难。中央研究院历史研究所因为有了陈寅恪和傅斯年两位大师的联手，取得了非常大的成就。

首先就是为中国的学术事业培养了非常多的学术人才，其中不乏大家，如赵元任、胡厚宣等。

另外，历史研究所的一个很大的贡献就是对明清档案的搜索、整理，在清朝大库存着非常多的历史资料，这些资料都是第一手的，最贴近历史，非常珍贵，但后来随着战争不断爆发，这些资料也被辗转各地，损失非常严重。傅斯年的历史语言研究所对这些资料进行了搜集整理，使它们能够再现于世，功劳非常大。

历史语言研究所先后迁了好几个地方，上海、长沙、昆明……当其迁到昆明的时候，陈寅恪与傅斯年终于再度相见了，此时，陈寅恪和他的家人一起住进了历史语言研究所专门租赁的宿舍里。

其实，此时陈先生的身体已经不太好了，昆明也是战乱四起，经常受到日军的轰炸。而最令人难以忍受的是陈寅恪生了眼疾。

1937年，陈寅恪的父亲陈三立痛惜国土沦陷，绝食而死。陈寅恪为父亲守灵时，因悲伤和频繁接待宾客，诱发了视网膜

第五章　灯火星星，人生杳杳，歌不尽乱世烽火

脱离，右眼尤其严重，已经不能视物了。所以他不得不去医院检查。

医生告诉陈寅恪，他的眼睛是可以通过做手术治疗好的，但做完手术需要非常长的时间来休养，而当时的陈寅恪一心想离开沦陷区，离开北平，去往昆明从事历史语言研究所的工作。

思前想后，陈寅恪决定放弃治疗，放弃治疗则意味着陈寅恪的右眼就彻底坏掉了。他将这件事瞒着家人，继续用也并不是完全健康的左眼工作。

在昆明的那段日子里，陈寅恪因为视力原因，行动非常的不便利。日军轰炸时，所有的人都跑去躲到防空洞里，每每这时，傅斯年便会匆忙地逆着人群跑到楼上，跑到陈寅恪居住的地方，小心翼翼地把陈寅恪送进防空洞里，这才安心的躲起来。

由此可见，陈寅恪与傅斯年之间友谊已是多么深刻，深刻到融入进了生命，化进了血液，深刻到傅斯年宁愿不顾自己安危，也要护得陈寅恪安全。

1939年，陈寅恪想去牛津大学讲授汉学课程，后来由于战争原因返回了西南联大。1940年，傅斯年写信给陈寅恪，希望陈寅恪能到四川任职。

收到信的陈寅恪当时也处在水深火热的环境中，最要紧的是，他已经一无分文，即使他十分乐意答应傅斯年的请求，但连

路费也没有。万般无奈下,陈寅恪只好给好友傅斯年写信,说明了自己的困境,傅斯年得知情况后,立即筹款寄给了他。

好事多磨,陈寅恪还没有收到筹款,日军就攻到了香港,香港沦陷,而陈寅恪的生活也陷入了绝望之中。后来几经辗转,陈寅恪进入了成都的燕京大学任教。陈寅恪他本人对于中国学术的贡献是非常大的。

他很幽默,是一位深受学生爱戴的人,虽然陈寅恪的幽默使他与同学们的相处非常融洽,但陈寅恪之所以能得到广大学生乃至老师爱戴的原因还是因为他的博学,他学贯中西,博古通今,课余时间就给学生们讲解各国文字的演变等内容,他甚至能把葡萄酒的发展介绍的一清二楚。

所以陈寅恪在清华园任教的时候,他的课堂常常人满为患,很多清华的教授们都会来听他的课,大学者冯友兰在他面前更是以"学生"自居。陈寅恪被人们称为"活字典"和"教授中的教授"。

在当时,学术界有很多分流,但不管哪一派,都不敢瞧不起陈寅恪,陈寅恪的学识是怎样折服了当时的知识界,从这里就可见一斑。

虽然陈寅恪很长一段时间内都在清华园任教,但在战乱四起的中国,陈寅恪大部分的时间还是在颠沛流离中度过的。陈寅恪

第五章 灯火星星，人生杳杳，歌不尽乱世烽火

的女儿陈美延回忆父亲时，曾这样说：

> "父亲工作的时候汗流浃背，在一个茅草房里，风雨一来，把房子都能刮塌的那种房子里头，也没有桌子，就是一个箱子，搬一个小凳写文章。他写完，需要休息，就带我出去散步，我那时候很小，就穿个木板鞋，在山上跑，满山的映山红啊……父亲只能在休息的间隙，感受到一种远离战乱的欢愉。"

从这段话中，我们就可以想象，陈寅恪的学术环境是多么简陋，他是在怎样困苦的情况下坚持从事他的学术研究的。即使生活已经如此颠沛流离，即使右眼失明，左眼视力严重下降，即使遭遇了常人无法忍受的悲惨，上天也没有停止这位一代大师的灾难。

1944年12月12日，陈寅恪基本上完成了《元白诗笺证稿》，可是，这一天早上，当他起床像往常一样去上课时，却痛苦地发现，他的左眼也看不见了，也就是说，他双目失明了。此时，他叫来女儿，让女儿去通知学生，今天不能上课了。

这让我们不由得也抱怨上天，在战乱纷争的时代，太多人都过着颠沛流离、朝不保夕的生活，这不要紧，可是又为什么赋予

这位老人这么多深重的灾难，为什么在夺去了他的右眼后，还要残忍的夺去他的左眼？

但是，陈寅恪并没有屈服，也没有沉浸在悲伤里，他在很短的时间内接受了这个事实，并且继续从事着他挚爱的、愿意为之奉献一生的学术工作。

他日复一日、孜孜不倦地工作着，既从事史实的考证，又从事古书的校刊。

在寻常人等看来毫无用处，甚至弃之如敝发屣的史籍书册等物，在陈寅恪心中却是无比的珍贵，宛如夜空中最璀璨的明星一般，引导着他不断地攀上学术上的一座座高峰！他日日夜夜把自己埋首在史籍档案里，对上天施与他的苦难总是一笑而过，不管遭受怎样的苦难，都不能停下陈寅恪先生学术的脚步。

正是因为遭遇了那么多的苦难的陈寅恪依旧顽强地从事着文学创作，所以他才能为中国学术留下了他对于整个唐代的十分系统的研究。

后来，抗战胜利后，陈寅恪拒绝了国民党动员他离开大陆的企图，接受了陈序经的邀请来到了岭南大学也就是现在的中山大学任教。

这时的陈寅恪已经双目失明了，生活、授课都极为不便，都需要别人的帮助。

第五章 灯火星星，人生杳杳，歌不尽乱世烽火

以前陈寅恪在授课的时候，讲到重要的内容或者令人激动的内容便会紧紧地闭起双眼，仿佛在平静他那激动的情绪，但自从陈寅恪双目失明后，再也没有人看到过他闭着眼睛讲课。但如我们现在能看到的他的晚年的照片一样，他每次讲课一直睁大着眼睛，目光深邃。

如今，中山大学有一条非常著名的路，叫作"陈寅恪小道"是当时校方建来为方便陈寅恪散步用的。

陈寅恪是一个非常顽强的人，双目失明，对常人来说都是无法接受的痛苦，何况对于毕生以文字为业的陈寅恪呢？这是怎样一个毁灭的打击啊！我们从陈寅恪的家人口中得知，刚刚失明的陈寅恪是比较暴躁的，但很快就平静下来了。但从陈寅恪留给我们的文字来看，没有一个字是透露他双目失明的内心的痛楚的。

后来在清华园，考虑到陈寅恪的身体状况，校长梅贻琦希望陈寅恪能够休息一段时间，陈寅恪拒绝了梅校长的提议，他也坚决地说："我是教书匠，不教书怎么能叫教书匠呢？我每个月薪水不少，怎么能光拿钱不干活呢？"

陈寅恪在教书的同时，一点也没有放松对学术的钻研。

在给傅斯年的信中，和他商讨内阁大库的问题时，陈寅恪还向傅斯年说明了于道泉适合办理此事，也是用十分可观的语言来阐述：

> "于道泉君月薪百元,当可办到。彼现与喇嘛往来至繁,于蒙藏音韵语言之学,极有兴趣,必可造之材,且为人能吃苦,谅必不敢为羊公不舞之鹤也。"

陈寅恪和傅斯年的努力,很快取得了明显的成就。毕竟,两人都是不可多得的大师级人物。

陈寅恪在国外留学十六年,醉心学术,潜心研究汉学,他本人也是个奇才,通晓二十余种文字,一生留下了大量研究著作。

而傅斯年虽然学术成就比陈寅恪略逊一筹,但他却为中国留下了制度性的遗业,即使斯人已去,其影响力仍旧长长久久地影响着后世学者。当时傅斯年教导青年"一定要学好古文,一定要学好外语",这充分说明了傅先生的高瞻远瞩,他越来越看到外国文化对中国文化的影响,但同时他又深刻地明白,古文才是立身之本,所以一定要学好古文。

傅斯年是一位百年难见的学术大师,同时他在学术上的事业心也很强,他不仅致力于学术研究,更致力于中国的学术研究机构,他创办中央研究院历史语言研究所,并担任所长一直到其去世,这期间,他对中国学术做出的贡献实在不可斗量。

陈寅恪和傅斯年这两位大师,他们之间的友情,并不如常人一般漂浮在浅层的表面,他们之间的友谊就如同是明亮的宝石一

第五章 灯火星星，人生杳杳，歌不尽乱世烽火

般，沉淀在清澈的水底，水深静流，普通人只能看到水面的波澜不惊，不起一丝风浪，似乎根本感觉不到有浓烈的感情的存在。

可是当你深深地俯视，将手伸入水中，你会感觉到温暖的水流从指缝间，从手掌心缓缓流过，如同阳春里的太阳，让人感到内心一片宁静。这就是大师之间的友爱，如大海般深沉而广阔！

抗战胜利后，两位大师的情况稍微好转，可是不久，陈寅恪辗转多次到了广州岭南大学任教，而傅斯年则带着历史语言研究所到了台湾，到达台湾后的傅斯年不久后就去世了。得知消息的陈寅恪悲痛不已，两人相交的几十年里，没有互相说过什么深情挚语，但几十年的交往，他们交流学术，在无数困境面前相互扶持，早已成了患难之交，生死之交。

所以，当其中一方溘然长逝时，另一个人又怎能不悲痛欲绝呢？

傅斯年死后，连面对双目失明这样巨大的打击和痛楚时，都并不说一字来表达自己内心伤痛与苦闷的陈寅恪写了一首诗以示悼念：

> 不生不死最堪伤，
> 犹说扶馀海外王。
> 同入兴亡烦恼梦，

猩红一枕已沧桑。

陈寅恪的晚景也十分凄凉,最令他痛苦的是,"文化大革命"时,他毕生珍藏的古籍、史料,大部分都被毁掉了。1969年,陈寅恪在病痛和折磨的双重痛苦中孤独的死去。这两位中国现代学术史上绝无仅有的大家,在晚年的时候,一个在台湾缠绵病榻,一个在大陆被孤立隔绝,始终没有再见一面。

不管当时怎样,历史一直在证明着,陈寅恪和傅斯年,他们都是中国学术史上的一代大师,他们在学术史上取得的成就,令世人瞩目。而他们之间数十年的交情与菏泽,更是共同撑起了中国学术的一整片蓝天。他们之间的友谊,是真正伟大的友谊!

石评梅与陆晶清：
不积极的生，不消极的死

古往今来，诗词歌赋中大多都是歌颂男性的友情居多，他们的友情热烈而奔放、浓厚而真挚。或把酒言欢，或吟诗作赋，或游山玩水，不亦乐乎。

而古时，女性间的友情似乎总是内敛而沉静，拘囿在闺帷之间，在那一方小小的天地之内，尽管外面的世界广阔，但她们也只能倚门而望，然后垂眸回身，依旧隅居在那方寸之间，她们的悲喜也只能被看成是儿女情态，不值一提。

真正能看到女性间真挚友情的，还是从五四时期开始，而这其中便包括石评梅和陆晶清之间的友谊。

五四时期，正是新思潮觉醒席卷中国大地的时候。在这波新浪潮的涌动下，新学开始风靡起来，女性也不再是备受压抑的状况，可以自主求学，并开始有自己的独立人生，尽管依旧还是受到束缚，但较之从前，已是极大的进步。

石评梅便就是在这时候崭露头角。尽管她的一生非常短暂，可是，作为一位五四时期很有影响力的诗人，她却留下了不可磨灭的光芒。她的一生如一首热烈的歌曲，热情奔放，更似一首低吟浅唱的诗，淡雅精致，深幽冷寂。

石评梅原名叫作石汝璧，后来她爱慕梅花孤傲自赏，迎寒独放，便给自己取名石评梅。石评梅二十六岁去世，可谓是中国现代女作家中生命最为短暂的一位。

她曾在诗歌《一瞥中的流水和落花》中写道：

> 曲水飘落花，悠悠地去了！
> 从诗人的脑海里，
> 能涌出一滴滴的温泉，
> 灌溉滋润那人类的枯槁——干燥。
>
> 曲水飘落花，悠悠地去了！
> 从诗人的心田里，
> 发出一朵朵绯红的花，
> 去安慰凄凉惨淡的人生。

全诗表达了一种寂寞而苦闷的心绪。这既是石评梅自己内心的敏感所致，也是那个时代的女性的相同的情绪。诗如人生，石

第五章 灯火星星,人生杳杳,歌不尽乱世烽火

评梅的内心似乎总是徘徊着一股挥之不去的深切哀愁和忧伤。她把这种感情付诸笔端,倾泻在纸上,化为一个个灵动的文字。而当遭遇文字也无法表达的悲哀时,她就只能找她的好友倾诉了。

在石评梅的好友中,她和陆晶清的关系最为亲密。因为她觉得这些好友中,只有陆晶清能了解她的想法,读懂她的感受,所以在陆晶清面前,她可以放肆地表现出她所有的情绪,说出她所有的想法,而不用担心对方会不理解甚至不以为然。

在给陆晶清的信中,她写道:

"你走后我很惆怅,我常想到劝朋友的话,我也相信是应该这样做的,但我只觉着我生存在地球上,并不是为了名誉金钱!"

这样的话,让普通的实用主义者看来,可能会觉得不以为然甚至觉得虚伪做作吧,但这又确确实实是石评梅内心真实的想法,她把它讲给好友陆晶清听,因为她觉得,陆晶清是会理解她甚至和她抱相同看法的。

石评梅所处的时代,随着各种思潮的风起云涌,女性主义的文学也开始出现,并同时出现了一批相关的文学刊物。

1924年,《京报》创刊,在"蔷薇社"负责人的邀请下,石

评梅和陆晶清两人担任了该刊的副刊《妇女周刊》的主编，两人开始携手合作，建立了非常深刻的友谊。

石评梅的第一段恋情以失败告终，那时的她陷入了前所未有的苦闷与彷徨，只能写信给挚友陆晶清，而陆晶清也一直安慰她陪伴她，直至她走出失恋的阴影。

石评梅自幼聪颖好学，出生在一个小县城中，但石评梅志向远大，立志求学，最后终于从小县城来到了北京，这个全国思想最为活跃的地方，这也是石评梅生命发生转折的地方。

石评梅在北京求学期间，在新文化运动思潮的影响下，开始创作诗歌，并在报刊上发表，也就是在这段时期，她开始与吴天放相识。

吴天放曾留学美国，当时正在一家刊物担任诗歌编辑，他经常和石评梅一起讨论诗歌，富有才华而又体贴的吴天放打动了当时还涉世未深的石评梅。

而在吴天放的精心安排和热烈追求下，石评梅觉得吴天放就是她心灵的寄托，漂泊异乡的依靠，吴天放让石评梅觉得，自己漂泊多年的心仿佛终于有了可以依靠的港湾，她开始和吴天放相恋了。

这段感情持续了三年，直到一天石评梅发现吴天放原来已经有了妻室，这让石评梅大惊之下，更是心伤不已。初恋失败的痛

第五章 灯火星星，人生杳杳，歌不尽乱世烽火

苦让石评梅觉得自己的人生进入到了一个极为糟糕的境地，她就像漂浮在茫茫大海中一样抓不住浮板。

处于伤心绝望中的石评梅，仍旧如梅花般孤傲，宁愿自己一个人舔舐伤口，也不愿让别人来同情自己。

只有一个人例外，那就是陆晶清。在陆晶清面前，她把自己的脆弱、无助以及不希望受到任何人的同情的想法展现出来。那时候的石评梅常和陆晶清通信。

石评梅在给陆晶清的信中吐露了自己初恋受挫后的心声。

信中的石评梅痛苦地说道：

"但当时我绝不希望任何人发现了我的怅惘，用不关痛痒的话来安慰我！我宁愿历史的锤儿，永远压着柔懦的灵魂，从痛苦的瓶儿，倒泻着悲酷的眼泪。在隔膜的人心里，在未曾身历其境的朋友们，他们丝毫不为穷人的忧怖与怨恨，激起他们少许的同情！谁都莫有这诚意呵，为一个可怜无告的朋友，灌注一些勇气，或者给他一星火光！"

石评梅是这样自视甚高的一个人，她不愿意任何人发现她的痛苦，因为她知道，那些人没有经历过她的痛苦，不明白她的

绝望，即使会安慰她，也是一些不带任何诚意的无关痛痒的话，与其如此，石评梅宁愿自己承受这一切，宁愿自己一个人伤心、痛苦。

这段恋情一向乐观积极的石评梅在精神上遭遇到了极大的创伤和打击，一度变得一蹶不振。毕竟吴天放是她的初恋，一个人的初恋只有一次。初恋在人的一生中的意义总是重要而特殊的，初恋的感觉是那样美好而真挚，是那样深情而专一，又是那样纯洁不带有任何世俗杂质。为了这段恋情，石评梅付出了她最美好的三年。

事实上，她付出的又何止三年。即使后来石评梅不再如此悲痛欲绝，但我们也隐约可以猜测到，她一生都没能走出这段恋情带给她的阴影。后来，面对高君宇的苦苦追求，她始终咬紧牙关没有答应他。想来，定是初恋失败的阴影一直笼罩着她。即使她也动心了，即使她心里也留下了他的名字，可是她始终不敢真正和高君宇在一起，因为她怕，怕那种撕心裂肺的绝望，怕那种蚀骨的疼痛，她知道，她承受不起第二次了。

如她在给陆晶清的信中所说的那样，在她的生命里，初恋失败使得她的生命都黯淡了，她失去了一开始的志向与理想，她甚至开始质疑活着的意义：

第五章　灯火星星，人生杳杳，歌不尽乱世烽火

> "我很消极，我不希望别一个人能受到我半点物质的援助，更不希望在社会上报效什么义务……不积极的生，不消极的死，我只愿在我乐于生活的园内，觅些沙漠上不见的珍品，聊以安慰我这很倏忽的一现，其他在别人悻悻趋赴之途，或许即我惝恍走避之路。朋友！你所希望于我的令名盛业，可惜怕终久是昙花了；我又何必多事使她一现呢？"

她的忧伤，她的无助，她的迷惘，她那深切而哀愁的痛苦，似乎如一团阴云萦绕在她的周身，将她紧紧地笼罩其中，只留下心伤和绝望。

她在信中还这样形容自己当时的感觉："失望的利箭一支一支射进心胸时，我闭目倒在地上，觉着人间确实太残忍了。"是怎样的绝望才能说出这样的话？是怎样的痛苦才能让她觉得整个人间都太过残忍？

只因当初爱的深沉，才会由失望而至撕心裂肺的绝望。

而在她伤心无助的时候，陆晶清真挚的友情就如一盏温暖的灯火，让她感到了心安，使得她在满是迷茫与痛苦的人生里看到了一丝光亮。

她可以在其他人面前继续坚强而不露声色，好像什么事都没

有发生一样,因为她"绝不希望任何人发现了我的怅惘,用不关痛痒的话来安慰我!"但独独在面对陆晶清时,她毫无隐瞒地展露自己的内心:

> "所以我每次雍笔,都愿将埋葬在心里的怨怀,向你面前一泄!朋友:原谅你可怜的朋友的狂妄吧?"

只是因为懂得,所以才如此般信任。将整个心展现在对方的面前,共喜共忧。得友如此,夫复何求?

正是因为有了陆晶清的友谊,让石评梅如海般深重的愁绪与悲伤有了一个宣泄的地方,否则,这所有的一切,将深深地埋在她一个人的心里,那将是多么悲哀啊!

石评梅也算是著名的薄命女性之一了吧。她的一生,仅仅只有二十六年的短暂光阴,这与她敏感细腻的心灵、时时悲苦愁闷的情绪不无关系。她在给陆晶清的信中描述了这种感觉:

> "我也明知道运命是怎样避免不了的,同时情感和理智又怎样试装的搏斗?心坎里狂驰悠骋的都是矛盾的思潮,不过确是倦了——现在的我。我不久想在

第五章 灯火星星，人生杳杳，歌不尽乱世烽火

杨柳结识的绿荫下，找点歇息去了！人和人能表同情，处的环境又差不多，这样才可谈一件事的始末，而不致有什么误会和不了解。"

她以一种十分悲哀的眼光看待周围的世界，甚至是看待周围的人，她认为生活中没有任何温暖和同情，有的只是冷漠与讥讽：

"莫有同情的世界，于我们的心有何用处？有众人环祷的神幔下，谁愿把神灯扑天，反去黑暗中觅摸光明呵？"

但理想终究是无法磨灭的，虽然她常常以悲哀乃至绝望的眼光来看待生活，看待世界，但每每还是会以最大的努力投入到她所要奋斗的事业中去。

这既是因为石评梅自身所具有的坚毅性格和伟大理想，也是因为好友陆晶清的鼓励与陪伴。

同为女性，又共同关注女性的解放问题，这让石评梅与陆晶清之间的友谊沉淀为一种超乎个人情感的革命友谊，在此后的人生道路上，相互陪伴着一起走过。两人就好像是彼此交汇的小

溪,一路泉水叮咚的奔向大海,朝着心中神圣的目标前进。

石评梅和陆晶清在女性觉醒意识的问题上保持着一致,并都用大量富有"战斗性"意义的文章来进行宣传。

石评梅曾在1925年的《致全国姐妹们的第二封信》中写道:

"幸而我们同是女子,同在这个渡桥上作毁旧新建的女子,作男子铁腕下,挣扎逃逸的女子!"

而陆晶清在《绿屋旧话》中也曾写道,她不会"屈服在命运的脚下",她从"绝望中发现了光明的大路",并鼓励女同胞要学会把"自己生命的火炬高高举在手中,"两个同样瘦弱的女子,却用一腔热血和勇毅肩负起了当时争取女权的责任,为提高女性地位不断的战斗!

平淡下的友情如涓涓细流,润物无声,然而战斗中的情谊,却如熊熊火炬,炽热沸腾。

在共同为妇女争取权利的道路上,石评梅和陆晶清两人时常鸿雁传书,通过书信往来彼此鼓励,相互倾诉着这一路上的迷茫与孤寂。

石评梅在写给陆晶清的《梅花小鹿——寄晶清》的信中说:

第五章 灯火星星,人生杳杳,歌不尽乱世烽火

"茫茫无涯的海里,只有我撑着叶儿似的船儿,冒着波涛向前激进。"

这种难以对人诉说的孤独,也许只能通过写信一途向不在身边的陆晶清倾诉而聊以慰藉了,在好友处获得温暖和安慰,大约也是石评梅内心深处最深沉的眷恋和依靠了吧。

而于陆晶清而言,又何尝不是如此?陆晶清曾说:

"我四年在外唯一的友伴就是梅姐,她是如母亲般爱护我,又像姐妹般的安慰我。"

两人彼此依偎相伴,如闪亮的星辰照亮彼此的路程,如冬天里的篝火温暖彼此的心灵。

1927年,陆晶清南下参加革命之时,石评梅虽是对好友充满了鼓励和支持,可是临近分别,依旧止不住的忧愁,一直以来的相依为命,也许在分别的刹那,就会走向不同的轨迹,故而在前刻的《别宴》中,石评梅写道:

"妹妹

请你饮干这一杯

愿你烟尘起处再把阴霾扫!"

在后刻的《爆竹声中的除夕》她又如是写道:"命运真的残酷,连我们牵携的弱腕,他都要强行分散。"

在石评梅和陆晶清之间,两人的友谊早已不再拘囿于个人之间,而是交织着理想和信念!

在石评梅从事这些活动的时候,还有一个人一直在她身边支持她,这个人就是高君宇,高君宇至死一直苦恋着石评梅。虽然两个人并没有真正确定恋人关系,但我们可以十分肯定地说,石评梅心里是爱着他的。

高君宇是石评梅的山西老乡,两人自认识以来,一直通信,谈文学,谈理想,当石评梅感到莫大的悲哀与烦闷时,高君宇也及时安慰她,告诉她,烦闷是当时青年的普遍现状,让她不必忧心,烦闷的根本原因是由于当时旧社会制度的不合理。

高君宇这样对石评梅说:

"所以我就决心来担负我应负改造世界的责任了。这诚然是很大而繁难的工作,然而不这样,悲哀是何时终了的呢?我决心走我的路了"。

第五章　灯火星星，人生沓沓，歌不尽乱世烽火

高君宇在与石评梅的交往中，渐渐发现了这个女孩子不为人知的好处，她认为石评梅有主见、有思想，而石评梅的忧郁的性格也使她带有一种独特的气质，高君宇为石评梅的才情、性格、思想等吸引，慢慢地，他对她的友谊转化为了热烈而真挚的爱情。

后来有一次，高君宇差点被捕，在离开的时候，他冒着大险在一个风雨交加的夜晚去看望石评梅，这时候，他已经能深深确定，眼前的这个女子，就是他要挚爱一生的女子。

对于高君宇的探望，石评梅也十分感动，她在后来的文章中描述这件事：

"杏坛已捕去了数人，他的住处现尚有游击队在等候着他。今夜是他冒了大险特别化装来告别我。"

对于这件事，最高兴的莫过于陆晶清了，作为石评梅的挚友，她深深地了解石评梅，知道她时刻都处在苦闷与悲伤之中，知道她孤高自赏的外表下有着一颗怎样脆弱的心灵，陆晶清也知道，高君宇是个好青年，她希望自己的好友能够在高君宇的荫蔽下，心灵有个依靠，不再那么漂泊无依。

可是令人不解的是，面对高君宇的热烈追求，石评梅始终没

有点头，拒人于千里之外。

直到1925年3月，高君宇因病去世。这对于石评梅来说是一个巨大的打击。高君宇去世了，石评梅才发现，自己对他的感情是那么深，深到恨不能随他而去。

那个人在的时候，她不觉得什么，当那个人离去了，真真正正的离去了，再也无法回到她身边，她发现，他们之间隔着的不是空间的距离而是生死的距离，她悲痛欲绝，这次悲痛远比初恋失败的悲痛来得更为猛烈、更为彻底、更为绝望。

痛苦夹杂着后悔，为什么？为什么明明深爱着他，却始终不肯答应他，让他含恨而去，也让自己抱憾终身。其实，答案是那么明显，石评梅是个那样骄傲的人，又是个至情至性的人，经历了初恋失败的伤痛之后，她封锁了自己的心，她以为这样就可以封闭自己的感情，不再受伤。初恋的伤痛，让她以为她的心早已死去，她没有想到，几年后，她又会经历比初恋失败时更彻底、更无助的绝望。

只是因为她想错了，她高估了自己封闭感情的能力，低估了自己对高君宇的感情。此后的石评梅不再隐瞒，也不再欺骗自己，她一心一意思念着高君宇，爱着高君宇。

1925年3月29日，在高君宇的追悼会上，石评梅送了挽联：

碧海青天无限路，更知何日重逢君。

第五章 灯火星星，人生杳杳，歌不尽乱世烽火

这十四个字，字字带有她深沉的感情和深深地悔意。更知何日重逢君，如果能够再相逢，我一定不会像从前那样拒绝你，如果能够再重逢，我一定会明白地向你展示我的感情。

可是，没有人比石评梅更清楚，她再也不会和高君宇重逢了。

高君宇的遗愿是希望石评梅把他安葬到北京的陶然亭，石评梅和高君宇的亲人把他安葬后，又亲自在他的墓地周围种植了很多松柏，还写了碑记：

> 我是宝剑，我是火花，
> 我愿生如闪电之耀亮，
> 我愿死如彗星之迅忽。
> 这是高君宇生前自题像片的几句话，死后我替他刻在碑上。君宇，我无力挽住你迅忽如彗星之生命，我只有把剩下的泪流到你的坟头，直到我不能来看你的时候。
>
> 评梅

此后，石评梅又写了很多文章来寄托对高君宇的思念与哀悼，这些散文都收录在石评梅的散文集《涛语》中。

高山流水遇知音

在石评梅哀伤的这段日子里，陪伴她的，仍然是她的挚友陆晶清。石评梅也并没有完全的消沉，在悲痛过后，她更加明白高君宇从事的事业，也更加明白自己从事的事业。

她跟朋友这样说：

"像我这样人还有什么呢？我干教员再这样下去，简直不成了！我虽然不能接续天辛（高君宇）的工作去做，但我也应努力一番事业。你看，北京这样的杀人，晶清是革命去了，北京只剩下我了，暑假后我一定往南边去，让他们认识认识我评梅，做革命事业至少我还可多搜集点资料做文章呢！"

后来，在1926年的时候，陆晶清与石评梅又合作担任了《世界日报》的副刊《蔷薇周刊》的编辑，在这两年时间里她们收获的不仅仅是事业，更是一份来自彼此的诚挚友情。

工作之余，石评梅还创作了大量作品，散文、诗歌、小说等，她的作品中主要表现女性的苦闷与彷徨，女性在奋斗、恋爱等过程中遭遇到的挫折，等等。

石评梅的思想在不断成熟与进步，与陆晶清的友谊也在共同前进中变得更加牢靠与紧密，对高君宇的思念也不再如刚开始般

第五章 灯火星星，人生杳杳，歌不尽乱世烽火

撕心裂肺，而是慢慢转化为生命的一部分。同时，她的创作也不断成熟，好作品越来越多。

直到1928年9月18日，石评梅开始发病，且病情日益严重，很快陷入昏迷状态。30日，石评梅在北京协和医院去世。遵其遗愿，石评梅死后，被安葬北京陶然亭高君宇的墓旁。

石评梅逝世的消息很快传进了陆晶清的耳中，她怎么也不能相信这是真的，她急急忙忙从上海赶往北京，悲痛万分，写下祭文《我哭你唤你都不应》。

> 梅姐！你太忍心，任我哭你唤你都不应。我是归来了。你冥途未远总应该知道？三天前的清晨，我抱着万分凄酸回到两年不见的灰城，天呵！景物虽依旧，人士已全非；下车后我抖颤得移不动双脚，真有谁能料到，此番我归来已是见不着你了！你，不是逃避，不是远去，是，带着你一切愁恨，与世长辞了！梅姐呵！我要怨天，天太无情；我怨你，你，真太忍心！直到现时我都仿佛是漫沉在噩梦中！我不信，我真不信你就能这样的死去。你瞑目吗？在冷酷的世界上你抛下了年老病多的父母，在崎岖的旅途上，你呵抛弃了同命的孤苦朋友；从今后，这人间只留下了永

久的恨，一条不能弥补的伤痕！

　　一个黄昏当我由做工的地方回住所，不幸的消息——你的死耗就传到了！天！这有如一把利刃直插入了我的心房，梅姐！请为我想想是怎样的受到伤？！痛极了，只嘶呼一声我便什么都不知道；只有痛哭，我捶胸痛哭着呼天唤地都不应，我真恨，恨天地是这般无情。

陆晶清的祭文是如此恳切动人，几乎已经到了"口不择言"的程度，在祭文中，她不停地呼唤着"梅姐""梅姐"，肆意宣泄着自己的悲痛，她怨天、怨地，也怨着石评梅，在这篇祭文中，她不无悲痛地说，想到石评梅这些年与她的友谊，想到这些年来，石评梅对她的照顾，她宁愿随她而死去，她甚至这样幻想着：

　　"我低低的祷告你能从棺侧走出来和我相会，我又幻想假如我自己能立地死去，很快地赶到黄泉路上还可以追着你。"

仿佛石评梅的去世带走了她余生所有的欢乐，她在祭文中

第五章 灯火星星，人生杳杳，歌不尽乱世烽火

说，石评梅的死带走了一切，从今往后，她的世界里只会有永远的空虚和悲哀，再也不会快乐了。再也不会有人像石评梅那样来照顾和陪伴她这个孤苦的女孩了。

但不管怎样，石评梅终究是去世了，她用她短暂的26年的生命发出一声长叹，叹尽人世间的辛酸与悲凉，又唱出了一首女性的赞歌。她的生命，仿佛闷热天空中的一声巨雷，炸响了民国的天空！

同时代的萧红说："女性的天空是低的，羽翼是稀薄的，而身边的累赘又是笨重的。"

但于石评梅和陆晶清而言，两人因"世界上唯有同一种痛苦下呻吟能应和，同在一种烦闷下的心情能相怜"而谱写出了一首同性之间纯粹而超越的友谊之歌！

陈炜谟与杨晦：
眼泪毕竟是没用的

人生在世，有时如修行艰辛苦涩，有时又如孩童般天真烂漫。无论是哪一种人生阶段，我们都需要友人的陪伴。

处于低谷时，我们需要向友人倾诉衷肠，索取安慰；欢快愉悦时，我们渴望与友人分享快乐幸福，快乐便会加倍。友情是我们生活道路上不可或缺的一笔财富，它使我们的生活不再单调，充满了乐趣，也使我们的生活变得更加丰富多彩。

人是社会性动物，在孤独寂寞时，往往会联想到自己的朋友，这时候，若能与一知己或把酒言欢，或月下散步，再深的孤独感都会了无踪影吧。

不论古人还是今人，友谊都在他们的人生中扮演着非常重要的角色，友谊是他们成功的润滑剂，也是他们生命不可缺少的阳光。

陈炜谟与杨晦的友谊便是如此。

陈炜谟，一个灵魂在字母和汉字之间翩翩起舞的人，一个在

第五章 灯火星星，人生杳杳，歌不尽乱世烽火

诗行间游走的人，一个情感丰富、心思细腻、心怀家国的人，一个笔耕不辍、启迪人心灵的人。

1921年夏天，陈炜谟考入了北京大学的英文系，同时开始兼修鲁迅的《中国小说史略》，并在"五四"新思潮的影响下，开始从事文学创作和翻译活动。

1922年，陈炜谟与林如稷、陈翔鹤、冯至以及邓君吾等人在上海成立了浅草社并且创办了《浅草季刊》。陈炜谟从此开启了自己的文学创作生涯，他创作了非常多在当时很有影响的小说，也渐渐形成了自己的风格。

他最早的小说《轻雾》就曾发表在《浅草季刊》上。陈炜谟的创作黄金期是在1923年至1927年，这段时期，他先后出版了《炉边》与《信号》两部小说集。

陈炜谟的小说大多是反映故乡与当时青年知识分子的生活，并对当时的"乡土小说"产生了一定的影响，因而他的短篇小说《狼筅将军》被鲁迅收入了《中国新文学系小说二集》中。

后来，1935年时，鲁迅在编撰《中国新文学大系·小说二集》时，选取了陈炜谟先生的四篇短篇小说《狼筅将军》《破眼》《夜》和《寨堡》，陈炜谟先生是全书所选作品较多的三位作家之一，另外两位作家分别是鲁迅自己和台静农先生，由此足见鲁迅先生对陈炜谟先生短篇作品的看重。

鲁迅先生在这本书的序言中称陈炜谟是"未尝自馁"的作者，说他"唱着饱经忧患的不欲明言的断肠之曲"，并从他的作品里看到了"蜀中的受难之早"。

鲁迅引了《炉边》序言中的话：

"但我不要这样；生活在我还刚开头，有许多命运的猛兽正在那边张牙舞爪等着我在，可是这也不用怕。人虽不必去崇拜太阳，但何至于怯懦得连黑夜也要躲避呢？怎的，充笔不会写在破纸上吗？若干年之后，回想此时的我，即不管别人，在自己或也可值眷念吧，如果值得忆念的地方便应该忆念。"

在现代文坛上，鲁迅并不是一个轻易就能给作家极高赞誉的人，所以能受到鲁迅先生如此赞誉的人屈指可数，陈炜谟先生是其中之一，这足见他的成就非比寻常。

陈炜谟将自己的心绪和情感全部注入到了小说的创作中，他赋予了他的小说人物最真实的感情，创作时使用轻柔灵动的文字来叙述故事情节，这都使得他的小说在现代小说中独树一格。

在陈炜谟先生的世界里，没有纷繁复杂的尘世，没有浮华奢靡的生活，没有浮躁纷乱的心绪。有的只是内心的平静，有的只

第五章 灯火星星，人生杳杳，歌不尽乱世烽火

是眼光的平淡，有的只是思想的崇高。

在那样一个战乱频起的年代，陈炜谟不为外界所扰，静静地耕耘着属于自己的那一片土地，如人饮水，冷暖自知。

1923年，浅草社成员聚集到北京，陈炜谟也因缘结识了正从北京大学毕业的杨晦，两人一见如故，很快就成了很要好的朋友，他们一起谈论文学，谈论当前的局势，也谈论彼此的生活，短暂的相聚之后即是分离，但之后两人一直书信往来。

虽然陈炜谟先生在文学写作方面获得了很高的声誉，但在当时的时局及创作风气的影响下，他内心也流露出了郁达夫式的感伤。

这份忧郁和迷茫的感伤萦绕在他的周围，似冬日的晨雾，虽缥缈轻薄，但却浩瀚无垠，充满了内心的角角落落。

在这种情绪的纷扰下，1924年，陈炜谟先生给自己的朋友杨晦先生去了一封信，倾诉自己的内心，诉说自己的迷惘。

杨晦是我国现代著名的文艺理论家和剧作家。他于1917年进入北京大学哲学系，1919年积极投身五四运动。

1925年秋，杨晦和冯至、陈炜谟以及陈翔鹤等原浅草社成员共同成立了文学团体"沉钟社"，同时还出版了《沉钟》期刊与"沉钟丛书"，都得到了鲁迅的支持，"沉钟社"被鲁迅称为"确是中国的最坚韧、最诚实、挣扎的最久的团体"。

杨晦也在《沉钟》上发表了《楚灵王》和《笑的泪》等话剧以及翻译过来的罗曼·罗兰的《贝多芬传》。

"浅草社"成员发表的作品大都浪漫主义气息浓厚,而且带有感伤和阴郁的色彩,这种阴郁和感伤在陈炜谟先生的信中都有所表露。

"独上江楼思悄然,月光如水水如天。同来望月人何在?风景依稀似去年。"

夜凉如水,月华如昼,静谧幽深之中,独自一人登楼眺望,目之所及,空旷辽远。远方低垂的夜空下是否也有一人与我一样对月凝思,对月独语,把思念托付给将光辉洒向大地的皎月,带到千里之外的远方,然后乘着清凉幽寂的风儿,将心情送去到彼此的身边?

虽相隔千里之遥,却宛如天涯咫尺。朋友,便就是那个即使相隔两地,即使没有见面,却依旧有着同一种心情的人,尤其在孤寂满怀,思绪万千,愁绪萦绕之时,经过岁月沉淀下来的那份友谊便会显得更加珍贵,让人仰月便起怀念之感,便起相思之情,便起倾诉之感。

中国文学中向来不乏对月亮的描写,"小时不识月,呼作白

第五章 灯火星星，人生杳杳，歌不尽乱世烽火

玉盘。""床前明月光，疑是地上霜。""但愿人长久，千里共婵娟。""月落乌啼霜满天，江枫渔火对愁眠。"……近代朱自清的《荷塘月色》更是散文中的名篇。

可以说，在中国人的内心深处，是有一种月亮情怀的。而月本身，又代表着高洁、代表着清冷、代表着思念、代表着孤寂。

每每望月之际，往往都是一个人，次次会思绪万千，情韵飘飞，思念之情溢满心怀。在月下思念伊人，思念之情如月光一般缥缈无形，浮在世间的各个角落，密密麻麻，杳无音讯，叫人无迹可寻。只得由着这情思溢满各处，终将自己也包裹在内，无处可遁。

一如陈炜谟在信中所写：

> "一盏孤灯，满腔愁绪，欲藉管城而通惆素，我深深地想起了济南，更深深的忆起了你。遥想那芦苇掩映的大明湖边，我们踞坐在石块上，一轮圆月，半倚矮墙，偷偷地窥视我们，映着她的影儿在湖的心底。"

素净的纸上，缱绻的话语轻柔的倾泻而出，细数回忆，满满的深情，昨日种种，宛如眼前。

月光清冷,灯火昏暗,这时能想起的人,一定是一生的挚友吧。处在这样的境况下,陈炜谟想起的,便只有好友杨晦一人。他回忆起和杨晦共同赏月的情景:

"那时,明月皎皎,光华如水,矮墙绿湖,与友相伴,席坐而谈,何其快哉!

夜,温柔得如母亲的手,静谧的萦绕在彼此的周身;月,似调皮的孩童,躲闪的偷偷打量,宁静安详中让人感到心的安稳和愉悦。

而今,一灯如豆,凄风苦月,居室孤身,对月无眠。风,冷寂而幽怨地吹着,仿佛要将沉闷的夜撕破;月,幽冷而凄清地照着,惨白的悬挂在半空之中。

而我那满腔的愁绪啊,对着这无言的月和无尽的夜,又怎么能释怀呢?只能鸿雁传书,来冲破这深重的黑暗,获得一丝光亮,让烦闷忧郁之情得以适当的排遣。

那远方,有他的故乡,有他的密友,更有他满怀炽热的理想和情怀。这悠远的情怀无法送达,只能在月光倾泻出的斜晕中,将浓浓的思念带去他们的身边,丰满陈炜谟的寂寞且忧郁的心。

让这颗在月下思念友人的哀伤之心得以慰藉,忘却内心的那份迷茫与不安,暂且找到心灵的栖息地。"

其时,陈炜谟在写这封信时,与杨晦相识不过一年有余,但

第五章　灯火星星，人生杳杳，歌不尽乱世烽火

信中的字字句句情真意切，发自肺腑，由此看来，彼此间的情谊却早已不是这段时间所能衡量的了。

古语有"一见如故"又有"白头如新"，就是在讲，有些朋友，虽然相识不久，但彼此早已心意相通，仿佛多年的故人一般；但如果没有缘分，即使长久的一起生活，也不会比陌生人亲近多少。

而陈炜谟与杨晦之间，就是"一见如故"的友情。

他们之间的情谊，仿佛高山流水一般，不需要过多的语言修饰，不需要过多的动作加强，自然地如空气和水一般，充斥在生活的每个角落。

两人从初识到相交，从陌生到相知，怀抱着共同的文学梦想，创办了同一家社团、刊物，分享着彼此的心情，探讨过彼此的理想，在明媚的时光中，友情的溪流就这样不知不觉的汇入了两人的心间，融入了两人的生活。

慢慢地，随着岁月的流逝，他们彼此之间有了更多的认识，有了更多的了解。他们之间既了解彼此熟悉的领域，彼此的文学成就，更了解彼此的想法和彼此的观点。

对于友情来说，共同的爱好是友谊之树生根发芽的基石，陈炜谟和杨晦的友情，便是建立在对文学的共同爱好之上的。虽然当时的杨晦并没有加入陈炜谟所在的"浅草社"，但这并不妨碍

他们之间建立深刻的友谊,因为他们有共同的爱好,共同的文学见解。

"浅草社"1922年在上海成立的时候,杨晦正在北京大学读书,那时他与陈炜谟并不相识,两人一个在南方,一个在北方,看似没有任何的交集。然而命运之神又是多么的让人捉摸不透,时隔一年之后,陈炜谟和"浅草社"的其他成员一起聚集到了北京,在如此巧合的机缘下认识了杨晦,两人一见之下,相谈甚欢,惺惺相惜,交情甚笃。

这是谁都不曾想到的事情,是时间给了这一切发生的机会,让许多事变得合情合理。

那时,"浅草社"发展甚好,并被鲁迅称之为:"确是中国的最坚韧、最诚实、挣扎的最久的团体"。

而《浅草季刊》也大多发表一些抒写人生的苦闷与不幸的文章,用一种低吟浅唱来诉说人生中不欲明言的断肠之曲,吸引了许多志同道合者。

这段时期,也是陈炜谟个人创作的辉煌时期,在这期间,他创作了不少的小说,如《轻雾》《破眼》和《甜水》等,这些小说的内容依旧是关注知识青年的生存状态,抒写个人的情感悒郁,抒发细腻而丰富的感情。

而陈炜谟这个时候的作品就像他此时的情绪状态一样,他在

第五章　灯火星星，人生杳杳，歌不尽乱世烽火

小说中写着的是虚构的青年，其实何尝又不是在写他自己和他周围那群充满热血却苦苦寻不到人生道路的青年朋友。他用自己的双手书写着别人的故事，也记录着自己和他们相似的人生。

在给杨晦的一封信的开头，陈炜谟写道：

> "没有现在和将来的人，只好在过去的故纸堆中寻索。"

这句话不由得让人想到了陈子昂的《登幽州台歌》："前不见古人，后不见来者。念天地之悠悠，独怆然而涕下。"

前代礼贤下士的君主见不到，后代礼贤下士的君主亦无法见到。独登台远眺，宇宙茫茫，天高地远，不禁悲从中来，怆然泪下。

这与陈炜谟月下思人的心境如出一辙。都写尽了眼前世界的迷茫，身前身后世界的无所依托，给人飘零之感。读之不由让人心下悲凉，宛如置身在一片灰蒙的天地之间，举目望去，看不见过去的指引，见不到丝毫的来路，只能在别人踩过的依稀的小径上寻寻觅觅，可是，这究竟不是自己的路啊！

然而即使这样，依旧"亦能引起一种回顾的滋味，使人如嚼橄榄……"此时，陈炜谟心里充满了哀愁，如淫雨霏霏，绵绵不

绝的缠绕着，似乎没有个尽头。

在陈炜谟看来，这种哀愁与迷茫已经无法消除，正如他在给杨晦的信中所写的那样：

"在不知不觉的瞬间，已来到这要不得的世界了。要得，除非死。然而我们既没有自杀的勇气，只好忍痛活着下去。"

人生的无望，深切的悲凉，晦暗的生活，哪一样又是可让人觉得欣喜欢乐的呢？在这种心绪下，只剩下迷惘伴其左右，萦锁心间，绵绵无绝期。这种感觉对人的折磨如毒药一般，入心蚀骨，无法释怀。

在当时的年代，时局混乱，国家都看不到出路，自己的人生又怎么能找得到出处？可这人世里走上一遭，难道就是为了纯粹地痛苦地活着吗？求而不得，退而不愿。陈炜谟独行着，犹疑着，苦闷极了，这该是种怎样令人困苦不堪的人生啊！

他在这样的人生里，看不到未来和过去，只能卑琐地活着，了无生趣。然而，似乎在信中，在对杨晦的唠叨倾诉中，陈炜谟又自我开导了，他复而写道：

第五章　灯火星星，人生杳杳，歌不尽乱世烽火

> "眼泪毕竟是没用的，而且世界上值得掉眼泪的事太少了。——所以，近来我的泪一来到眼边，立即止住，已由伤感而生愤，因愤而激了。"

写信人的心境由此发生了一些微妙的变化，开始逐渐明朗起来。由此，也看出了友谊在前行中的重大意义。它可以在迷茫苦闷时给我们心灵的慰藉，在孤独绝望时让我们有一个可以倾诉的地方。

在给杨晦的信的后半段，陈炜谟写道：

> "生活以外的条件是必不可少的，没有，便是烦闷的起源。我们要经营一种艺术的生活。读书是解除烦闷的。"

或许是在陈翔鹤大醉大哭的刺激下，他心有所悟，或许是他在困境中徘徊久久不能出而来的灵光一闪……总之，在给好友杨晦的信写到此处时，他似乎开始释然了，开始对自己的人生和理想有了新的认识，新的要求。

我们也可以看作，陈炜谟态度的转变，主要是因为他在对好友的倾诉中释放了自己压抑的心情，从而感到一种心灵上的轻松

与愉悦。这样看来，治愈这愁绪满怀的忧郁青年的心的难道不是那如暖阳般的友情吗？

这友情给了他无限的力量，使他豁然开朗，使他看清了自己，更使他找到了自己该走的路。这弥足珍贵的友情，是陈炜谟无比珍藏的宝贝。

所谓友情的力量，大概也就是当你在苦闷抑郁时，能找到一方宁静的倾诉之地，让无处安放的心踏实下来并感到奋进的力量。

大概也就是当你需要人安慰时，有个宽厚的肩膀，让无处可取的情绪有个发泄的地方。大概也就是当你在遭遇挫折时，能有个温暖的怀抱，给心灵一个栖息的港湾。杨晦之于当时的陈炜谟便就是这样的友谊。他们的这份友情有共同的文学爱好作为坚固的基石，经历了时间的考验，打破了命运的藩篱，熠熠生辉。

李白有一首《闻王昌龄左迁龙标遥有此寄》："杨花落尽子规啼，闻道龙标过五溪。我寄愁心与明月，随君直到夜郎西。"这首诗是李白听闻好友王昌龄遭到贬谪时而作的。

杨花落幕，子规啼鸣，君到之处，偏僻险远，愁心相随，夜郎以西。短短数字，却道不尽对友人的关切之情，只好让我的心随着友人而去，伴其左右。

这首诗写出了李白对友人王昌龄的无穷的友情，正如陈炜谟对友人杨晦的情谊一般,都是在友人最需要的时候给予精神上的鼓励。

这种鼓励虽如轻烟,淡而清幽,但却不绝如缕,如诉如泣,音韵悠长,饶有趣味。像信中:

> "罗君跑来,谈了半天,我们都觉得我们国内的大天才的大本领都使完了,至于我们这些地才、人才,更非多读书不行。"

这几句话幽默感十足,却道出了这些人的心声,那便是要多读书来提高自己的能力。俗语有言:书中自有黄金屋,书中自有颜如玉。通过读书能够改变许多东西,不仅可以教化人心,更能启迪心灵,对文人来说,最重要的是,只有多读书,才能让他们在文学创作的道路上走得更远。

而与朋友在一起读书、研讨,不但能使友谊之酒越酿越纯,更能使其甘甜可口,唇齿留香,余味悠长。

在给杨晦的信的结尾处,陈炜谟先生这样写道:

> "开学后决定先读罗曼·罗兰,更破一破铁轨一般的生活。"

这是陈炜谟在表明自己的决心，也是他对今后生活一点简单的规划。其实，这是陈先生的打算，更是友人杨先生的打算。他们的生活简单宁静，虽生于乱世，却如隐士陶渊明般淡雅、朴素。

这些人没有华丽的外表，却做着伟大的事，在知识的海洋里徜徉，用知识武装自己，使自己回归真我，得到安宁。

这些人重拾生命的纯真之美，还生活以本真的颜色，用真我与自我去体验生活。他们是生活中的超人，在乱世中仍有自我，仍能够为尊重自我而活，让自我绽放出生命之美。人若此方能显出伟大之处，人若此方能感悟生活之真谛。

友谊之花开在这样的土壤上，不会成为倏尔一现的昙花，不会化为一闪即逝的流星，不会变作不将久留的夕阳。它是香醇的美酒，历久弥新，它是带韵的古诗，情致悠长，它是初生的朝阳，蓬勃向上。这样的花朵才会娇艳欲滴，远近芬芳。

在通往理想的道路上，若得友谊之助，便如虎添翼，事半功倍。陈炜谟先生与友人一起创办的社团，在短短的时间内就能够名声远播，并且得到鲁迅先生的称赞，这与友人之间的密切合作是分不开的。倘若社团只有陈先生一人，那么今天恐怕我们连陈炜谟是谁都无从得知了。

我们每一个人，在前进的生活道路上，都少不了友人的帮

第五章　灯火星星，人生杳杳，歌不尽乱世烽火

助，也少不了对友人进行帮助。让我们伸出自己的双手，去接纳，去拥抱更多的朋友。去给予自己的朋友以帮助，同时也欣然接受朋友的帮助。让我们每个人的生活都变得更加快乐，更加愉悦，更加幸福，去迎接一个更加靓丽的未来，成为一个最好的时代。

后记

民国时期，虽然硝烟四起，战争不断，虽然人们居无定所，生活颠沛流离。但那注定是一个诞生传奇的时代，注定是一个被无数人追寻的时代。

民国时候，大师辈出，学术界有陈寅恪、傅斯年，文艺界有郭沫若、朱自清、叶圣陶，绘画界有徐悲鸿……民国还有四大才女，四大美男，民国的清华园还有四大导师，让人不禁感叹，为何这么多优秀的人物，甚至是百年难出一位的人物，都集中到民国去了。

我多么渴望，游走在民国硝烟四起却又大师辈出的时代，能够真实地感受到那个时代的动乱，真实的触摸到那些大师游走的痕迹。

我看到，伏案写作的人，他的右眼大而无神，他正在非常费力的校正稿子，他将头埋在书桌里，很低很低，仿佛不这样就看不清树上的字，他旁边的书上清晰地写着"元白诗笺证稿"。

后记 **AFTERWORD**

我知道了,这人是陈寅恪,那个被称为"活字典"的人,那个被称为"教授的教授"的人,那个被称为"三百年来一大师"的人。

沿着时光滑行,我看到一个人躺在病榻之上,身上穿的是粗布衣服,他的妻子坐在一边默默哭泣,这人看上去虽然贫病所困,但他目光中透露出的坚毅神色,却让人不由得肃然起敬。

我知道了,这人是朱自清,他宁愿饿死,也不愿意去领取美国的救济粮,他虽在病痛中去世,但他的一身正气、一身傲骨,却在天地间傲然独存。

我还看到,那一封封被时光尘封的书信,上面的字体,或娟秀,或挺拔,仿佛透过字就能看到写字的人,看到他的精神气概。

信里不过说一些朋友间的细语:

"我的诗真是你所最爱读的么?我的诗真是可以认作你的诗的么?我真欢喜到了极点了!"

"我们要痛痛快快游西湖,不管这是冬天。"

"我知道我们见面之后,是会使你们悲哀的"

这些信语,仿佛平淡无奇,但仔细读来,就会发现,在这些看似平淡无奇的语言中,隐藏着的是朋友间亲密无间、深厚无比的感情。他们之间通信,或是相约见面,或是畅谈文学,或是彼此关怀……他们之间的友情，经过了时间的浸泡，开出了最娇艳无比的花朵，留待后人观赏；又仿佛像一颗颗耀眼的流星，划过了民国黑暗的夜空。

毕竟，在战乱四起的民国，友人相见是很不容易的，那时候，他们联络感情的只有信件，有些友人，一生其实都没有见过几次面，可是鸿雁传书之间，却又仿佛彼此一直陪伴在自己身边。虽然见面不多，但这一点都不妨碍他们友情变的深厚，那是一种超越时间和生死的交往，所以朱自清去世后，叶圣陶会感到蚀骨之痛，所以傅斯年去世后，一向顽强坚毅、甚至连双目失明也不透露出一丝悲痛的陈寅恪，会写诗悼念。

让我们小心珍藏起信件，小心珍藏民国时期的友情，只在月朗风清的夜晚，或小雨淅淅沥沥的傍晚，独坐窗前，品一杯清茶，然后把这些信件小心地取出，慢慢地去感受民国时期的友情，慢慢地去聆听那个动乱时代里最动人心弦的乐章，然后再将他们小心封存在心灵最深处。